あの月まで届いたら

神奈木 智

幻冬舎ルチル文庫

CONTENTS ✦目次✦

あの月まで届いたら

✦イラスト・しのだまさき

✦カバーデザイン=chiaki-k(コガモデザイン)

✦ブックデザイン=まるか工房

あの月まで届いたら

◆◆◆　1　◆◆◆

あなたって、いい人よね。

そんなセリフが相手の口から出たら、要注意だ。

今までの経験からそれは嫌というほどわかり切っていたのに、目の前の彼女がそう言った時、榊和臣《さかきかずおみ》は迂闊《うかつ》にも他のことに気を取られていた。

「そうか……もうクリスマスのシーズンなんだ……」

デートの最中によく立ち寄るカフェは、椅子の向きが全て歩道へ向けられている。隣の恋人が控えめな溜《た》め息をついたのにも気づかず、和臣は道ゆく人を眺めながら呟《つぶや》いた。

「今年のクリスマスって、あんまり寒くなさそうだよね。コートの売れ行きがイマイチだって、ネットで読んだよ。君はどう思う?」

「さぁ、どうかしら」

「プレゼントはどうする?　確か、金属アレルギーだったっけ」

「ええ、そうよ。でも、そんなこともう気にしなくてもいいわ」

「どうして?」

初めて、和臣は不穏な空気を感じ取る。慌てて通行人から彼女へ視線を戻すと、石のように表情を強張《こわば》らせている横顔にぶつかった。

「あなたって、とてもいい人。和臣さん」

同じセリフをくり返し、彼女は椅子の背にかけておいたコートを摑《つか》んで立ち上がる。

「だから……ごめんなさいね。付き合い切れなくて」

「え……ちょ、ちょっと……」

「さようなら」

言うなり踵《きびす》を返すと、彼女は一度も和臣の目を見ずに歩き出した。綺麗《きれい》に巻かれた髪が華奢《きゃ》な肩でふわふわと揺れ、あっという間に視界から消えていく。言葉もなく見送った後、和臣は気が抜けたようにズルズルと椅子に身体《からだ》を沈めた。

「今回もダメだったか……」

自然と唇が動き、投げやりな言葉が外へ漏れる。

まったく、どうして毎年クリスマスが近づくと必ず恋人に振られるんだろう。皆が口を揃《そろ》えて「いい人」と言うからには、こちらに落ち度はない筈《はず》なのに。いや、ないと信じたい。何しろ、誠実と正直を信条に二十四年間生きてきたのだから。

「それなら……なんで、俺は誰と付き合っても半年ももたないのかな」

確かに、どの相手とも熱烈な恋愛だったとは言い難い。だが、穏やかに育《はぐく》む愛だってあるだろうし、残念ながら『運命の恋』を夢見る年頃はとっくに過ぎている。

彼女がしっかり残していった伝票をちらりと見て、和臣は深々と溜め息をついた。

「今年のクリスマスも、会社のパーティに参加決定だなぁ……」

国立大の理系出身の和臣は、卒業と同時に某大手化粧品会社の商品開発部に就職した。お陰で女性との出会いには不自由しない環境だが、どういうわけか誰と付き合っても半年以上はもった試しがない。今度の彼女こそ最後の人にする、と密《ひそ》かに決心していただけに振られたダメージはけっこう大きかった。

だが、よく振られるとはいえ和臣のルックスは決して悪くはない。むしろ、そこそこ整った柔らかな顔立ちは、女性受けがとても良い方だ。品のある笑顔で穏やかに話す草食系の彼が、ひとたび仕事に入ると予想外に厳しい顔を見せる。そのギャップがいいんだと、いろんな女性に言われてきた。現に今までの彼女たちは自分から積極的なアプローチを仕掛けてきたし、和臣は知らないが密かに順番待ちをしている者も少なくはない。

それなのに、ほんの数ヵ月間付き合っただけで、まるで申し合わせたように全員が去っていく。毎回、「あなたって、いい人」というセリフを残して。

「こちら、お下げしてよろしいでしょうか？」

物思いに耽《ふけ》っていたら、ウェイターが遠慮がちに声をかけてきた。和臣は急いで微笑を浮かべると、ふと思いついてカフェオレを追加注文する。落ち込んでいる時には、温かい飲み物が僅《わず》かな慰めになる。アルコールで気を紛らわそうにも、生憎《あいにく》と自分は下戸なのだ。

「……ふぅ」

新しく運ばれてきたカップに口をつけ、和臣はカバンの内ポケットから一枚のハガキを取り出してみた。事あるごとに読み返しているせいですっかり傷んでしまったが、流暢《りゅうちょう》な文字も丁寧な文面も些《いささ》かも色褪《いろあ》せることがない。差出人は、高校時代に一番仲の良かった同級生だった。著名な進学校に在籍しながら、校内で唯一人進学をしなかった友人。彼が実家の小さなホテルを継いだ後は、お互い忙しくて会う機会を逸してしまっている。

「小泉《こいずみ》……どうしているかな」

ハガキを手にした時のお決まりのせりふが、今回もやっぱり出てしまった。だが、彼の近況を記した短い文章は、すでに二年も前のものだ。結局、和臣は返事を出す勇気がなくてそれきりになってしまったが、心の中ではそれをずっと後悔していた。

もしかしたら、自分が彼女と長く続かないのは彼のせいかもしれない、と思う。いくら男子校で三年間過ごしたとはいえ、同性へ懸想しようなんて酔狂な気持ちにはついぞなれなかった。けれど、彼——小泉抄《しょう》に限っては別だったのだ。

「あいつだけは、特別だったもんなぁ……」

和臣だけでなく、当時の仲間は誰もが抄に対して憧《あこが》れにも似た想いを抱《いだ》いていた。何故《なぜ》なら、同性という点を差し引いてもオツリがくるくらい、彼は『綺麗』だったのだ。現に、社会に出た今でも抄ほどの美貌《びぼう》の持ち主を和臣はまだ見たことがない。もちろん、美しい外見に相応《ふさわ》しい凜《りん》とした性格や、透明感のある雰囲気など、彼の美点をいちいち挙げ出したらキリがなかった。一緒に歩いているだけで周囲の注目を集めたし、親しくしているというだけで、ずいぶんやっかまれたものだ。和臣自身、抄と友人である自分が誇らしかった。

しかし、抄との間に具体的な何かがあったわけではない。

たおやかな見かけとは裏腹に彼はきついところがあり、他人につけ込ませる隙は決して見せなかった。第一、恋だと自覚があったなら和臣にも動きようがあったろうが、あの当時は見つめているだけで満足だったのだ。

「俺、マジでやばいかも。卒業して六年もたってるのに、まだこの有様なんだから……」

いよいよ、自分の性的指向を認めなければいけない時がきたのかもしれない。

そう思った和臣は、意味もなくカフェオレをぐるぐるとスプーンでかき回した。同性の同級生に仄《ほの》かな恋心を抱いたり、どんな女性と付き合っても長続きしない——それは、やっぱり己が同性愛者だからではないだろうか。今までは突き詰めて考えるのが怖くて、必死でその声を無視してきた。頑として抄へ連絡を取らなかったのも、そのためだ。だが、今日去った恋人で通算六人目ともなると、さすがに現実を見つめ直さねばならない気がする。

「……よし、決めた」

カップの残りをいっきに飲み干すと、和臣はおもむろに席を立った。以前から考えていた計画を実行するのに、今日は手頃な日かもしれない。もう彼女にも遠慮はいらないし、お誂《あつら》え向きに間もなく日没だ。きっと、夜の帳《とばり》が上手《うま》いこと背中を押してくれるだろう。

「これも、運命なんだ。思い切ってみるか！」

我知らず伝票を握りしめ、和臣は緊張気味の声で呟いた。


新宿二丁目は、言わずと知れたゲイの街だ。和臣が仕入れた情報によると、これだけの規模で発展している場所は世界でも有数らしい。立ち並ぶ雑居ビルでは軒並みゲイバーが営業しており、通りを堂々と男同士のカップルが手を繋《つな》いで歩いている。一人でポツンと立っている若い子は大抵が一夜の恋か援交が目当てだが、その一方で『運命の恋』を求めてさ迷っている者だって決して少なくはない。欲望と純愛が混沌《こんとん》と両立し、どちらにも等しくネオンが降り注いでいる稀有《けう》な街なのだ。

「うわ……………」

予備知識はかなりあったつもりだが、実際に二丁目を歩くのは今日が初めてだった。そのせいか、気がつけば手のひらに嫌な汗をかいている。これではいけないと気後れする自分を奮い立たせ、和臣は比較的明るい通りへ向かってみた。右手に大人のオモチャ屋があり、きわどいポスターがウィンドウを飾っている。その隣で一際賑《にぎ》わいを見せているのは、意外にも本屋だった。好奇心にかられて平積みにされている雑誌を覗《のぞ》いてみたが、筋肉隆々の男性モデルが全裸で縛られている写真が目に飛び込み、反射的に「うっ」と声を出してしまう。

まずい、と慌てて口を閉じたが、近くにいた数人の男の子がちらりとこちらを見た。不思議なことに、この店には十代の少年しか客がいないようだ。皆、高級なブランド物の服に身を包み、小奇麗で今どきの格好をしている。どこか別の場所ですれ違っても、まったく違和感のない普通の男の子ばかりだ。むしろ、ルックスは上等な部類かもしれない。

「お兄さん、誰かと待ち合わせしてんの？」

うっかり視線を奪われていると、中の一人が声をかけてきた。だが、語尾にはあからさまな媚《こ》びが滲《にじ》んでいる。たちまち心が百メートルほど後方へ引いてしまい、和臣はぎくしゃくとぎこちなく返事をした。

「えっ。あ、いや……別にそういうんじゃ……」

「約束してないなら、どっか一緒に飲みにいかない？」

「き、君と？」

「もしかして、俺は好みじゃない？　これでも、かなりモテる方なんだけどな」

真顔で問い返す和臣が面白いのか、少年はくすくすと笑い出す。側にいた数人も、一緒になって陽気な笑い声をたてた。完全にからかわれているようだ。

「いや、やめておくよ。ごめんね」

ここで「君は未成年だよね？　こんな時間に繁華街なんかうろついて大丈夫？」なんて口にしても冗談にしか思われないだろう。和臣は曖昧《あいまい》な笑顔を返すと、そのままそそくさと店頭から離れた。せっかく誘ってくれたのに悪かったかな、と少しだけ思ったが、ときめかない相手に費やす時間などないのだ。何しろ、自分が本当に同性愛者なのかどうか、それを確かめるためにここへやってきたのだから。

「小泉と話している時は、それだけでそわそわしたんだけどなぁ」

そこそこ可愛い男の子にアプローチされても、慄《おのの》くばかりで期待したような甘い気持ちはちっとも湧《わ》いてこない。いくぶんがっかりしながら、和臣は当てもなく街を歩き続けた。まだ夜は始まったばかりだし、ここで諦《あきら》めてしまうのは早すぎる。

もしかしたら、単にさっきの子が好みじゃなかったんじゃないかな。

ふとそんなことを考え、それじゃどんな相手ならときめくのかと和臣は自問してみた。今まで理想の女性について思いを巡らせたことはあっても、理想の男性について深く考えてみたことなどなかったので、なんだか妙にドキドキする。

「まずは……やっぱり細身の方がいいだろ。それで、髪はさらさらっとしてて、大きめな目はややきつい光を持ってて……表情は……うん、ちょっと生意気なくらいがいいな。呆《あき》れるくらい小さな顔の中、はっきりした目鼻立ちが印象的で。他人には絶対に媚びなくて、誇り高い雰囲気の……」

そこまで並べ立ててから、ハッと我に返って立ち止まる。なんだか、急に思いついたにしてはやたらと条件が具体的だ。これでは、まるでどこかで見てきたようではないか。

（どこ……だったっけ……？）

眠っていた記憶の回路が、和臣の中で次第に目覚め始める。確かに、自分は今挙げた条件を全て満たす相手と出会った気がするのだ。それも、ごく最近に。

和臣がしきりに首をひねっていると、目の前を一組のカップルが横切っていった。何気なく視線を止めた瞳《ひとみ》に、何故だかその光景がスローモーションのように映る。四十代半ばとおぼしきスーツ姿のサラリーマンと、彼に肩を抱かれた若い男の子。年は、先ほど和臣に声をかけてきた子と同じくらいだろうか。けれど、先ほどの子には悪いが、その顔立ちは全然比較にならなかった。

（なんて……）

なんて、綺麗な顔をした子なんだろう。

「いや……違う。そうじゃない」

思わず、訂正の言葉が口をついて出た。

「あの子……あの子のことだったんだ。俺が言った条件を、全部満たしていたのは――」

そう呟いた瞬間、和臣の脳裏に少年との出会いが鮮やかに蘇《よみがえ》った。

あれは、一ヵ月近く前のことだ。

和臣はデートの途中で、ファッションビルの地下にある大型書店に立ち寄った。そこでつい化学の専門書に夢中になってしまい、退屈した美容部員の彼女は雑誌コーナーへ移動していったのだが……程なく店内に響き渡るような声で誰かを罵倒《ばとう》し始めたのだ。驚いて駆けつけると、本屋の店員と言い合っている光景が目に飛び込んできた。

『だから、なんであんたに命令されなくちゃならないのよっ』

『おまえが傷めた本なんだから、当然だろ。それを買う人の身にもなってみろ』

『そんなの、普通は黙って直しておくもんじゃない。第一、私はお客よ！』

『他所《よそ》の売場でも、そんな理屈が通ると思ってんのかよ。本屋をなめんじゃねぇよっ』

あっという間に二人の周囲には人だかりができ、和臣とほぼ同時に店長らしき男が割り込んでくる。和臣も慌てて彼女に駆け寄ると、何があったのかと小声で尋ねてみた。その途端、彼女はたちまち瞳を潤ませて悔しそうに店員の少年を指さした。

『ひどいのよ。私が手に取った本を棚へ戻したら、その子がいきなり……』

『雑な戻し方をしたんで、表紙が完全に折れてるんだ。だから、注意したら無視しやがって』

『だからって、普通いきなり腕を引っ張って棚まで引き戻す？　乱暴なんだからっ』

『そっちが、バックレようとしたからだろっ』

『高橋《たかはし》くん！』

再び罵《のの》り合いになりかけたところで、店長が少年を叱《しか》り飛ばした。高橋と呼ばれた彼は猫のようなアーモンド型の目を吊《つ》り上げ、和臣と彼女を交互に睨《にら》みつける。そうして再び口を開きかけたが、店長に頭を押さえつけられ、それも叶《かな》わなくなった。無理やり謝罪の格好を取らされた彼はいかにも不服そうに唇を尖《とが》らせていたが、そんな険のある表情が逆にとても魅力的だ。和臣は少年のきつい視線に晒《さら》されることに、屈折した喜びすら覚えた。

だが、それはあくまでも一瞬だ。優位に立った彼女がくどくど店長へ文句を言い始め、少年は別の店員にどこかへ連れていかれてしまった。その後は場を穏便に済ませるのに骨を折り、そうこうしている内に彼のことは記憶の片隅に追いやられてしまったのだ。

それが、よりによってこんな場所で再会するなんて。

「あの……」

うっかり少年へ声をかけようとして、和臣は寸前で思い止まった。お互いにあまりいい出会いとは言えなかったし、恐らく向こうはこちらの顔など忘れているに違いない。第一、彼は一人ではなかった。明らかに街で引っかけたと思える相手と、これから夜に紛れ込もうとしている。それがどういう意味を持つのかわからないほど、和臣も鈍くはない。

(でも……だけど……)

去っていく二人の後ろ姿を見ながら、じりじりとした想いに囚《とら》われた。

(いいのか、このまま見すごしても……。あの子、笑っていなかったのに……)

お節介とは思いつつも、通りすぎた瞬間に見た横顔がひどく気にかかる。一夜の恋だかアバンチュールだか知らないが、どう考えても少年は楽しそうには見えなかった。笑顔の欠片《かけら》すら唇には浮かばず、おとなしく肩を触らせているのが不思議なくらい瞳は暗い。緊張を窺《うかが》わせるぎくしゃくした歩き方は、本屋で食ってかかってきた勢いとは雲泥の差だ。

（いや、でも……何か、事情もあるかもしれないし……）

デリケートな状況なだけに、和臣は大きくためらった。自分が少年の知り合いならともかく、話したことすらない赤の他人なのだ。こんな場所で騒ぎは起こしたくなかったし、余計なお世話なのも充分承知している。

（ええい、ままよ！）

だが、和臣は走り出した。二人が今にも消えようとしている路地の先に、数軒のホテルの看板が見えたからだ。理屈や戸惑いを飛び越えて、感情が足を動かした。

「君っ！　あの……えーと、本屋の君！」

走りながら、懸命に彼を呼び止める。確か、店長が名前を呼んでいた筈だ。必死に記憶を手繰《たぐ》り寄せ、なかなか振り向かない背中に向かってもう一度口を開いた。

「高橋くん！　ちょっと待って、高橋くん！」

その途端、ぴたりと少年が足を止める。傍らのサラリーマンが、怪訝《けげん》そうに彼へ顔を近づけた。強張った表情で何か尋ねている様子が、和臣の心拍数を更に上げる。もしかしたら、連れの男とは喧嘩《けんか》になるかもしれない。他人と殴り合った経験などないに等しかったが、こうなったら覚悟を決めるしかないだろう。いずれにせよ、もう後には引けない。

「高橋くん！　君、本屋の高橋くんだろ！」

半ばヤケクソ気味に、和臣は一層声を張り上げた。ようやく二人に追いつくと、ゼェゼェと両肩で息をする。唖然《あぜん》とする彼らの前で、とにかく何か言わなくちゃと額に浮かんだ汗を乱暴に拭《ぬぐ》った。間もなく十二月だというのに、身体中が熱く火照っていた。

「あの……あの……」

「………」

「つまり、こういうことは……よく考えてみないと」

「誰なんだよ、あんた」

不機嫌な声音が、柔らかそうな唇から零《こぼ》れ出る。この子の笑い声ってどんな感じなんだろう、と和臣はふと場違いな感想を抱いた。けれど、そんな呑気《のんき》なことを考えている場合ではない。胡散臭《うさんくさ》げな視線を投げかけられ、たちまち言葉に詰まってしまった。

「えっと、だから……」

「何なんだよ、一体。大声で人の名前、連呼しやがって」

少年は、苛々《いらいら》した口調でジロリと和臣をねめつける。その言葉も態度も粗野だったが、ネオン混じりの闇《やみ》の中、彼の立っている場所だけが綺麗に澄んで見えた。だから、どんなに険しい眼差《まなざ》しを浴びせられようと、和臣は少しも後悔を感じない。多分、自分の直感が間違っていなければ、この闇に彼は馴染《なじ》まない筈だ。お日様の下で、人目を避けることもなく大きな口を開けて笑っているのが一番似合う。それなら、やっぱりここから連れ出してやらなくちゃ、と決意を新たにした。

後から冷静になってみれば、我ながら思い込みの激しさに恥ずかしくなってくる。だが、この時の和臣は本気だった。本気で、どうにかしてやりたいと思っていた。

「とにかく行こう。すみません、今夜は諦めてください」

最後のセリフは、サラリーマンに向かって言ったものだ。和臣はぺこりと頭を下げると、ぐいぐい少年を引っ張って歩き出した。初めは呆気《あっけ》に取られていたが、彼は慌てて救いを求めるようにサラリーマンを振り返る。だが、あまりに和臣が堂々としていたせいか、相手は絶句したままだった。もしかしたら、身内の人間が連れ戻しにきたと勘違いしてくれたのかもしれない。いずれにせよ関わり合いになるのを恐れたらしく、引き止めたり追って来ようとはしなかった。

「ちょ、ちょっととっ！　あんた、何すんだよっ！」

「ごめん。本当に、ごめん。だけど、やっぱりダメだよ」

「ダメって、何が！　俺、何かしたのかよ！」

「してないけど……これからしようとしていただろう？」

「………………」

和臣の言葉に、少年はムッとした顔になる。同時に根が生えたように足が動かなくなり、いくら引っ張っても頑として其処から歩こうとしなくなった。

路地の真ん中に立ち尽くす二人組に、通りすがりの人間が物珍しそうに視線を投げていく。だが、体裁を構うよりも先に、和臣は少年の心を和らげたいと思った。何かまずいことを言ったのはわかるが、ここで謝るのも違う気がする。とりあえず摑んでいた手を離すと、のぼせた頭を冷やそうとまずはコートを脱いだ。少年はしばらく無言で和臣を睨んでいたが、ふとコートのタグに目を止めるとようやく口を開いた。

「……いいコート着てるんだね」

「え？」

「あんた、何してる人？　お金持ち？　何で俺のこと、知ってたわけ？」

矢継ぎ早の質問を受けて、和臣はひどく面食らう。清潔感のある甘い顔立ちにまるきり不似合いな、まるで値踏みをしているような言葉が胸に痛かった。

「悪いけど、俺は君を口説くために邪魔したわけじゃないんだ」

申し訳なさそうに答えると、気分を害したのか再び彼の目つきがきつくなる。けれど、媚びを含んだ眼差しより全然マシだと、和臣は内心ホッと息をついた。

「君は覚えていないだろうけど、渋谷の本屋で見かけたことがあるんだよ。あの時、俺の連れが君に迷惑をかけちゃって、ずいぶん嫌な思いをさせたなぁと……」

「連れ？　へぇ、誰だろう。俺、かなり客と喧嘩したからなぁ」

「あ、そうなんだ……」

あの気の強さならさもありなん、と妙に納得する。そのあっさりとした返答がおかしかったのか、少しだけ少年の表情が緩んだ。初めて、年相応の無邪気さが顔に表れたのを見て、和臣は自分の置かれた状況も忘れて嬉しくなってしまった。

「何、ニヤついてんだよ。あんた、本当に何者なの？　何で、俺の邪魔したんだよ？」

「それは……だから……」

「だから？」

「君が……その、あんまり楽しそうな顔をしていなかったから」

「…………」

その言葉を聞くなり、あっという間に少年から気安い雰囲気が消え失《う》せる。目の前に立っているのは、まるで綺麗な毛を逆立てて威嚇する猫そのものだった。

「けっ」

彼はいきなり踵を返すと、そのままスタスタと元きた道を歩き出した。すでにサラリーマンは姿を消していたが、そんなのお構いなしの様子だ。和臣は急いで駆け寄ったが、肩に触れようとした指を思い切り振り払われて動きが止まった。

「バカにすんなよ！」

少年の声が、鋭く突き刺さる。

「何、わかったようなこと言ってんだよっ。俺のことなんか、あんたは何も知らないじゃないかっ！　それなのに、偉そうにお説教かよっ」

「た、確かに何も知らないよ。だけど……」

「なら、放っておけってば！　責任も取れないくせに、余計な口挟んでくんなっ！」

「責任……」

そう言われてしまうと、返す言葉がない。自分でも説明のつかない衝動で、無理やり引き止めてしまったのだ。その後のことなんて、何も考えていなかった。仮に「責任を取れ」と迫られても、あのサラリーマンの代わりに一緒にホテルへ入るわけにもいかない。確かに、自分は同性愛の資質があるかもしれないと思ってここまできたが、それとこれとは話が別だ。

あれこれ思い悩んでいる内に、みるみる少年は遠ざかっていった。慌てて呼び止めようとしたが、もう彼は振り返らないだろう。結局、後先考えない行動で彼を怒らせただけなのだ。

何ともいえない喪失感が、落胆する和臣を包んでいた。

これきり、あの子とは会えないかもしれない。

喪失感の正体は、はっきりとそこにある。けれど、どうしても彼を追いかけられなかった。責任も取れないくせに、というセリフが、両足をアスファルトに縫い止めたからだ。言われた通り、中途半端にしか対応できないなら放っておくしか術《すべ》はない。和臣は深い溜め息を漏らし、振り返らない彼の背中を未練がましくいつまでも見送っていた。

すっかり気力は萎《な》えていたが、和臣はその後もしばらく大通りを歩いてみた。

途中で三人ほど男の子に声をかけられたが、少年のことが気にかかってろくに返事をする気にもなれない。自分はナンパがしたいのではなく、もう一度彼に会いたいだけなんじゃないかと気がついて、がっくり力が抜けただけだった。

（……はぁ……）

一人暮らしのマンションへ戻ってくる頃には、わけのわからない疲労感だけがずっしりと身体に残っていた。新しい世界を知れば少しは摑めるものがあるのではと思ったが、どうやら自身を余計に混乱させただけのようだ。

（もしかして、俺はゲイってわけじゃないのかな……）

間の抜けた呟きも、和臣にしてみれば大問題だ。同性愛者なら歴代の彼女たちに振られても仕方がないと納得することもできたのに、これで言い訳が利かなくなってしまった。

（要するに、やっぱり俺の人間性が問題なわけか）

でも、と心の中で反論する。かつて同性の同級生に感じた想いは、どんな女性と付き合った時よりも純粋で一途《いちず》だった。それだけは、和臣にも言い切れる。だったら、どうして他の男の子と遊ぶ気になれなかったのだろう。どんな相手に声をかけられても、まったくと言っていいほど鼓動は平常のままだった。

（唯一ドキドキしたのって、あの子を連れ去った時だけだったな）

冷え切ったリビングに照明とエアコンをつけて、手にしたコートをソファへ放り出す。同時に、「いいコート着てるんだね」と言った少年の声が耳に蘇った。純カシミア製のこげ茶のコートは、一目で気に入って珍しく衝動買いしたものだ。金額を知った時には軽く目眩《めまい》がしたが、普段あまり服に金をかけたりはしないので、まぁいいかと自分を納得させた。

（あの子……どうしているかなぁ）

床続きのキッチンへ移動し、直火用のエスプレッソメーカーを火にかける。恋人に振られたことなど、すでに遠い過去のものだった。和臣が思い描くのは、あの少年の顔ばかりだ。勝ち気で小生意気で、そのくせ妙に頼りない。放っておいたら、どこかで転んで怪我でもしているのではと心配にさえなってくる。そんな和臣のことを、「バッカじゃないの」と冷たくあしらう様子さえ浮かんできそうだ。

（ちゃんと家に帰ったのかな。やっぱり、一人にさせるんじゃなかったなぁ）

コポコポとお湯が音をたて、コーヒーの香ばしい香りが立ち上ってくる。こうやって一人分のコーヒーを淹《い》れるのも、だいぶ堂に入ってきた。彼女を家に連れてきても、滅多にエスプレッソをリクエストされることはない。この儀式は、和臣だけの小さな楽しみだった。

頃あいを見計らって火を止めて、用意したデミタスカップに黒い液体を注ぎ込む。そこへたっぷり砂糖を落とし込むと、ようやく寛《くつろ》いだ気分になった。コーヒーを飲んだら熱い風呂に入って、読みかけの推理小説をベッドで読もう。もしかして夢にはあの子が出てくるかもしれないが、日がたつにつれてきっと印象も薄れていくだろう。

カップを手にリビングへ戻った和臣が、ソファに腰を下ろしかけた時だった。

『ピーンポーン』

間延びしたベルの音が、唐突に玄関から響いてくる。時間は、そろそろ真夜中の一時になろうとしていた。こんな深夜に訪ねてくる知り合いなど、もちろん見当もつかない。出ようか無視しようかと躊躇《ちゅうちょ》していると、再び急《せ》かすようにベルが鳴らされた。

生憎と、このマンションにはインターフォンにカメラがない。仕方なく玄関へ向かい、慎重に扉の向こう側へ話しかけてみた。

「……どちらさまですか」

尋ねても、まったく返事がない。その時になって、やっと昼間別れた彼女の存在を思い出した。何か事情が変わって、もう一度やり直したいとでも言われたらどうしようか。そんなことを考えながらおそるおそる覗き穴を覗いた和臣は、予想もしなかった人物がそこにいるのを知って頭が真っ白になった。

「え……」

絶句している間に、三度目のベルが鳴る。今度はゆっくりと、一回だけ。これでダメだったら諦めよう、そんな気持ちが伝わってくる音だった。

「は……はい！　ちょ、ちょっと待って。すぐ開けるから！」

焦って靴も履かずに土間へ降り、和臣は急いで鍵を開ける。ドアを開け放した空間に、あの少年がポツンと立っていた。

「君……――」

「悪いけどさ、今晩泊めて」

つっけんどんに吐かれた言葉は、『お願い』ではなくほとんど命令に近かった。ムスッとした表情も、偉そうに胸の前で組まれた腕も殊更それを助長している。だが、和臣の目には単なる照れ隠しにも見えたので、あんまり気に障らなかった。

とりあえず彼を中へ招き入れると、一緒になって冷えた外気が流れ込んでくる。和臣は来客用のスリッパを出してやりながら、「何でここがわかったの」と訊《き》いてみた。

「あれからどうしてたの？　ずっと一人でいたのか？」

「……いい匂いがする」

涼しい顔で質問を無視すると、少年は鼻をくんくんと動かす。動物めいた仕種《しぐさ》も、彼がすると愛らしさだけが際立って見えた。和臣はリビングへ戻ると、まだ口をつけていないカップを「これのことだろ?」と言って目の前に差し出す。まだ残る微《かす》かな湯気が長いまつ毛を湿らせ、少年はいかにも気分よさそうに目を閉じた。

「飲んでもいいの? あんたのだろ?」

「いいよ。自分の分は、また淹れるから。それより、寒かっただろう? 何かあったかい食べ物でも作ろうか? ていっても、缶詰めのスープくらいしかないんだけど」

「あんたって、やっぱり変な人だね」

瞳を開き、ゆっくりと和臣を見る。その瞳には、まだ僅かな警戒心が残っていた。

「何で、よく知りもしない人間を簡単に部屋へ入れるかな。俺が一人じゃなかったらどうするんだよ。誰かと組んで、押し込み強盗でも企《くわだ》てていたら?」

「あ、そうか」

「……そうか、じゃねぇよ」

呆れたような溜め息をつき、手にしたカップをひといきに飲み干す。底に溜まった砂糖を不愉快そうに眺めながら、再び彼は口を開いた。

「あれから、考え直したんだ」

「な、何を……?」

「また別のおっさん引っかけるより、あんたにくっついていった方が得だって。せっかく、今夜はまともなベッドで眠れると思ったのに、あんたがそれを台無しにしたんだもんな。責任取ってもらわないと、俺の気が済まないんだよ。だから、後を尾《つ》けてきた」

和臣へカップを突っ返すと、少年はソファへふてぶてしく腰を下ろす。けれど、どんなに悪ぶった態度を取っても華奢な身体つきが迫力を半減させてしまい、逆にいたいけなイメージが増幅されるだけだった。薄手のダウンジャケットを脱ぐとますます細さが目立ち、見ているだけで和臣はハラハラしてしまう。この身体であのサラリーマンに抱かれようとしていたのかと思うと、複雑な気持ちが胸いっぱいに拡がった。

「俺、思い出したよ。あんたのこと」

ソファの背もたれに腕をかけ、少年は和臣の気も知らないでニヤリと笑んだ。

「髪をくるくるに巻いた女と、一緒にいた男だよな？　あれ、俺が最後に喧嘩した客だから」

「最後って……」

「ああ、あの後でクビになったんだ。揉《も》め事起こしすぎるって」

「クビ？　本当に？」

「うん」

何でもないことのように頷《うなず》くが、聞いた和臣の方はそうはいかない。それなら、解雇の原因を作ったのは自分の元彼女だ。それに、彼女を一人で放っておいた和臣にも間接的な責任がないとは言えない。そもそも彼女が苛々していたのは、デートの最中に自分が専門書ばかり夢中で漁《あさ》っていたせいなのだから。

けれど、少年はそんな和臣の心を読んだかのように屈託なく先を続けた。

「まぁ、遅かれ早かれクビになるとは思っていたんだ。だから、その点についてはあんたに責任は問わないよ。だって自業自得だもん。俺、接客業って本当にダメなんだよな」

「じゃ、今は何のバイトを？」

「不況につき求職中。だけど、有り金が底をついたんで……」

滑らかに回っていた口が、そこで僅かにつまずいた。

「……ともかく、今夜泊めてくれればこれ以上は迷惑かけないから。寝るのはこのソファで充分だし、あんたは何も構わなくていい。屋根さえあれば助かるんだ。ほら、さすがに凍死はしたくないからさ。でも、あんたが一人暮らしでラッキーだった。指輪はしていなかったから独身だとは思ったけど、実家とか恋人と同棲《どうせい》でもしていたらどうしようかと思った」

「同棲していたら、どうしたんだ？　黙って帰った？」

「そりゃ……そうするしかないじゃん。あんな場所を歩いていたんだから、あんたゲイなんだろ？　俺みたいな男がいきなり訪ねたら、恋人と喧嘩になるかもしれないし」

「いや、俺は……」

反射的に訂正しようとして、和臣は内心戸惑いを覚える。ゲイじゃないと否定すれば、何故あの場所にいたのか初めから説明しなくてはならないし、彼女に振られたことまで白状する羽目になる。できれば、そんなみっともない事実は知られたくなかった。それに、先刻まで正常だった心拍数が、少年が現れた途端どんどん上がり始めている。自分がゲイでないとすれば、このときめきをどう解釈したらいいのだろう。

言葉に詰まった和臣は、空のカップを持ってそそくさとキッチンへ向かった。恐らく、後を尾けてきた少年は、エスプレッソ一杯分の時間だけためらって、かなりの勇気を出してインターフォンを押したのだろう。図々しいようでいて「同棲していたら帰った」なんて当たり前の顔で言うあたり、可愛くてとても憎めない。

それにしても、奇妙な夜になってしまった。

朝に家を出る時は、普通に彼女とデートしてクリスマスの話で盛り上がり、相手がその気なら一緒にここまで戻ってくるつもりだったのだ。それが実際は彼女に振られ、新宿二丁目を初めてうろつき、勝ち気な仔猫《こねこ》のような男の子がリビングにふんぞり返っている。たった一日で、和臣の世界はガラリと変わってしまったようだ。

「なぁ、あんたさぁ」

ガス台の前で感慨に耽っていたら、すぐ背後から声がかかった。慌てて振り返ると、いつの間にやってきたのか少年が立っている。放っておいたので退屈したのかな、と思ったら、彼は少々決まりの悪そうな様子で言った。

「表札が出てなかったけど、名前……何て言うの。あ、別に言いたくないならいいけど」

「名前って……俺の？」

「他に、誰かここに住んでんのかよ」

とぼけた返答にムッとしたのか、あどけない曲線を描いた唇が突き出される。その途端、妙な艶《なま》めかしさが整った顔を彩り、和臣はどぎまぎしながら口を開いた。

「俺は……榊だよ。榊和臣って言うんだ。君は……高橋くんだっけ」

「莉大《りお》でいいよ」

間髪を容れずに、少年は答える。

「高橋くんなんて呼ばれると、クソ店長思い出すからさ」

「クソ……ああ、君を叱っていた……」

「でも、莉大って名前は気に入ってんだ。だから、下の名前で呼んで。まぁ、どのみち明日の朝には出ていくけどさ。〝君〟と〝あんた〟じゃ、味気ないじゃん？」

莉大の言葉に、和臣は「そうだな」と微笑《ほほえ》んだ。見かけも態度も物怖《ものお》じしない今どきの子なのに、彼には妙に義理堅いところがある。そんなところに、とても好感を持った。

名前を聞いて気が済んだのか、莉大はさっさとリビングへ戻ろうとする。だが、背中を見せた瞬間、激しい空腹を知らせる音がその腹から響いてきた。和臣は吹き出し、赤くなって言い訳しようとした莉大をやんわりと制する。「やっぱり、一緒に何か食べようか」と提案してみると、さすがに背に腹は代えられないのか、莉大は渋々と同意した。

「一宿の恩義に、一飯がついちゃったな」

「普通、それはセットになっているものだよ？」

食料のしまってある棚を開きながら、浮かれた声で和臣は答える。「責任取れ」と家まで押しかけてきた豪胆さは、一体どこへ消えてしまったのだろう。そういう些細《ささい》なギャップに莉大の本質が隠れている気がして、何だかとても嬉しかった。

弾んだ心とは裏腹に大したものは作れず、二人はインスタントラーメンに卵を落としただけの侘《わび》しい夜食を取ることになる。けれど、莉大と食事をしているだけで、どんな立派なレストランに行くよりも楽しいと和臣は思った。歴代の彼女たちとはせがまれて話題の店へ食事に出かけたりもしたが、一度だってこんなに温かな気持ちにはなれなかった。

「なぁ、榊さんってさ……」

テキパキと後片付けを終えると、莉大はダイニングテーブルに両肘《りょうひじ》をつく。洗い物のお礼に、和臣が食後のコーヒーを淹れ直しているところだった。

「もしかして、世間的にはゲイってこと内緒にしてるんだ？　じゃ、本屋の彼女はカムフラージュで付き合ってるのか？　それとも、バイセクシャル？」

「彼女とは、もう別れたよ」

和臣は、いかにも『双方、合意の元で』という顔を作る。振られた、なんてカッコ悪くて白状できなかった。

「莉大くんだって……その……同じだろ？　ああいう場所にいたわけだし……」

「違うよ。俺は、金が必要だっただけ」

ケロリとした口調で答えると、莉大は両手でカップを受け取る。彼は和臣の淹れるエスプレッソが気に入ったらしく、自分の分は砂糖抜きで、とリクエストしてきた。

「お金が……って、君は気軽に言うけどね……」

「そう怖い顔すんなよ。マトモなやり方じゃないのは、わかってるって。けど、有り金が底をついたって言っただろ？　もともとバイトが長続きしないせいもあって、家賃もかなり溜めてたんだよね。とうとう十日前に追い出されて、とりあえずカプセルホテルや漫喫を転々としてたんだけど、それも限界に来ちゃって。後は、身体使うしか思いつかなかったんだ」

「だからって、そんな短絡的な……」

「いや、俺っておっさんによく声かけられるんだ。じゃあ、これも運命かなって」

「………」

美味《おい》しそうにエスプレッソを啜《すす》り、平然と莉大は語り続ける。だが、聞いている和臣は心中穏やかではなかった。それなら、やっぱりあそこで自分が声をかけなければ、莉大はあのサラリーマンと寝るつもりだったのだ。

（金が必要だった……か……）

今夜、莉大は目の前にいる。

安心しきった顔で、無邪気にコーヒーを飲んでいる。

けれど、明日の今頃はまたネオンの街に出て、ナンパしてきた男と安いホテルに入っていくかもしれない。その光景を想像するだけで、和臣は焦りにも似た気持ちに囚われた。

「どうかした？　俺の話、不愉快だった？」

飲み終えたカップを手のひらで弄《もてあそ》びながら、莉大は僅かに瞳の色を曇らせる。

「でも、本当のことだから。それに、榊さんだって少しは俺に気があったんじゃない？　だから、あそこで俺を引き止めたんだろ？」

「え……」

「俺、思ったんだ。どうせなら、あのくたびれたおっさんよか、榊さんの方が良かったなって。少々お節介だし面倒臭そうだけど、何と言っても男前だし」

「そ、そういうの、関係あるのか？」

「男でも女でも、相手するなら顔が良い方がいいに決まってるじゃん」

そんな返答をされては、せっかく男前と褒められても全然嬉しくない。それより、「気がある」と言われた戸惑いの方が大きかった。言われて自覚するのも情けないが、確かに自分は莉大に惹《ひ》かれている。どういう感情なのか、まだはっきりとは摑めないが、少なくとも単なるお節介だけで声をかけたわけでは断じてなかった。

「あ、でもさ」

「え？」

「言っておくけど、俺は榊さんとは寝ないからね」

自分から話を持ち出したくせに、妙にきっぱりと莉大は言い切った。

「今夜ここへ来たのは、あくまで俺を路頭に迷わせた責任をとってもらうためだから。だから、もし泊めた代わりに……とか考えてるなら、死ぬ気でかかってきて」

「……俺は、そんなつもりはないよ。安心していい」

「ふぅん、そう」

拍子抜けしたように肩をすくめ、彼はそれきり口を閉じる。ドッと疲れを感じた和臣は、さっさと風呂に入って休むことにした。明日は仕事だし、考えたいこともたくさんある。それに、莉大から「寝ない」と宣言されたのが、意外なほどショックでもあった。

もしかしたら、自分はとんでもない変態野郎だったのかもしれない。

恐らく、莉大はまだ十六歳か十七歳といったところだ。未成年の男の子相手に、ときめいたりがっかりしたりしている自分は、どう考えてもまともではない。

「毛布とパジャマ、持ってきてあげるよ」

力なくそう言うと、莉大はにっこりと満足げな笑みを浮かべた。

「ん……」

鼻腔《びこう》をくすぐる魅惑的な香りが、和臣をゆるりと眠りの世界から引き戻す。魅惑的といっても、別れた彼女の香水とか、洗いたての石鹸《せっけん》の香りとかいう類《たぐい》ではない。もっと原始的な本能に基づく、抗《あらが》い難い魅力に満ちた匂いだ。多分、朝一番に感じるものとしては、人を最高に幸せな気分にしてくれるもの。懐かしくて嬉しい、わくわくする香りだ。

「……腹、減ったな……」

やたらと食欲を刺激され、パチリと目を開くなり呟いた。

閉められたドアの隙間を縫って、パンの焼ける香ばしい匂いが漂ってくる。続けてエスプレッソの深い香気、フライパンの爆《は》ぜる元気な音。水音や食器をテーブルに並べている気配も聞こえてくる。ありふれているようでいて、一人暮らしの人間にはなかなか縁のない平和な空気だ。それらが、ベッドまで優しく届けられていた。

「莉大……くん……?」

リビングで寝ているであろう名前を、そっと呼んでみる。七時きっかりの目覚まし時計が鳴るまでには、あと五分の余裕があった。

「えっと……。まさか、いない、ない……なんてことは……ないよな……」

まだ半分寝ている頭で、和臣はボンヤリと考える。昨夜はなかなか寝つけず、とりとめのないことを思い描いては溜め息をつく、のくり返しだった。それでもいつの間にか眠りについていたらしいが、はたして莉大の方はちゃんと眠れたのだろうか。

起きなくちゃ、とようやく上半身を起こしかけた時、控えめなノックの音がした。

「榊さん、起きてる？　朝ご飯、食べる？」

「あ……ああ。起きてるよ。待ってて、すぐいくから」

良かった、ちゃんといてくれた——。

安堵《あんど》の息を深々とつき、和臣は急いでベッドから飛び降りた。

「おはよう、榊さん。よく眠れた？」

「それは、こっちのセリフだよ。莉大くんこそ、ソファで大丈夫だったのか？」

「うん。充分快適だった。それよか、あるもの勝手に使ったよ？」

そう言いながら、莉央は手際よくテーブルについた和臣の前へ目玉焼きの皿を置く。綺麗な半熟の二つの目玉は、カレー風味に味付けた蒸しキャベツとトマトに彩られていた。そういえば、中途半端に野菜が余っていたんだっけ、と思っていたら、続けて厚切りのトーストとかぼちゃのポタージュ、エスプレッソが出てくる。

「ポタージュだけ、缶詰めな。パンは、近所のコンビニで買ってきた」

「え。じゃあ、お金払うよ。困っているんだろう？」

「いいよ。どうせ俺も食べるんだから。じゃ、いただきまーす」

向かいに座った莉央が、無邪気に両手を合わせた。昨夜ラーメンを食べた椅子は、どうやら彼の定位置となったようだ。何だか、ずっと昔から二人で朝を迎えているような錯覚に陥り、和臣は自然と顔がほころんでしまった。

見た目も良かったが、付け合わせの味付けや黄身の焼き加減など、莉大はなかなかの料理上手だった。新鮮な驚きが和臣を包み、彼が今までどんな生活をしていたのか深い興味を覚える。昨夜はあえて何も尋ねなかったが、本当は訊いてみたいことはいくらでもあった。第一、どう考えても未成年なのに口ぶりから察するに彼は自活しているようなのだ。当然、学校にも通っているとは思えない。

「何、難しい顔して。まずかったら、遠慮しないでそう言っていいよ」

「そんなことない。すごく美味しいよ。ありがとう、莉大くん」

急いで笑顔を取り繕い、和臣は料理の残りをたいらげた。エスプレッソの味だけはやや薄めだったが、和臣の淹れ方を一回見ただけでここまでこなすのだから、コツさえ教えればすぐに上達するだろう。勘のいい子だな、と感心し、改めて莉大に向かって微笑んだ。

「ごちそうさま。手作りの朝食なんて、久しぶりで感動したよ」

「どういたしまして。一宿一飯のお礼だよ。じゃ、俺はそろそろいくから」

「えっ」

思いがけないセリフに、和臣はたちまち狼狽《ろうばい》する。まさか、こんなに早く出て行かれるとは思わなかったのだ。それに、まだ何も話をしていない。これからどうするのかとか、仕事は見つけられるのかとか、心配なことなら山のようにある。

だが、それを聞いてどうするんだ、という声が頭のどこかでしたのも事実だった。仮に莉大が素直に話してくれたとしても、自分に役立てることがあるのだろうか。そもそも、彼は和臣をゲイだと思っている。昨夜だって身の危険を感じたからこそ、「死ぬ気で」なんて予防線を張ったのだろう。それなら、同じ空間にいるのは本当は気が進まないのかもしれない。

「榊さんも、そろそろ出かけなくていいの？　俺も、出るなら一緒の方がいいと思ってさ。後片付けできなくてごめんな。いろいろと、どうもありが……」

「それで……それで、君はどこへ行くつもりなんだ？」

かろうじて、それだけ声が出た。莉大は一瞬目を丸くしたが、何を思ったのかテーブル越しに上半身を乗り出してくる。躾《しつけ》のなっていない猫のように、乱暴な仕種で皿を脇へ押し退《の》けると、彼はびっくりするほど小作りな顔をそっと近づけてきた。

「本当に、どうもありがとう」

そう呟くなり、軽く唇を重ねてくる。和臣がびっくりして動けずにいると、羽根のような感触が甘く押しつけられ、すぐに離れていった。

「これは、感謝の気持ちだよ。お陰で、凍死しないで済んだ」

「…………」

「時間、大丈夫？　もう八時過ぎてるよ？」

「……いいんだ」

くらくらする頭をゆっくりと振って、和臣は半ば呆然《ぼうぜん》と返事をした。

「いいんだ、時間なんてどうでも」

「え？」

「遅れた分は、残業して取り戻すから。だから、今夜は少し帰りが遅くなると思う。だけど、夕食は絶対に家で食べるよ。君が……待っていてくれるなら」

「待ってって……いや、俺は出ていくって……」

今度は、莉大が焦る番だった。予想もしなかった和臣の申し出に困惑し、頬《ほお》がほんのりと赤く染まっている。自分のキスが相手をその気にさせてしまったと、内心後悔しているのかもしれない。けれど、和臣は前言を撤回するつもりなど毛頭なかった。それどころか、引っ込めようとした莉大の手を摑むなり熱心に説得にかかった。

「食費は置いていくから、それで適当に作っていてくれないかな。もちろん、俺が帰るまでの間は自由に過ごしていいよ。合鍵を渡すから、どこへ出かけてもいいし……」

「そ、そんなこと突然言われても……」

「帰るところ、ないんだろう？　お金にも困っているって、そう言ってたじゃないか」

和臣が勢いに乗って駄目押しをすると、莉大の眉《まゆ》がぴくりと動いた。直後に和臣の手を払い退け、彼は皮肉めいた目付きでジッとねめつけてきた。

「何だ、そういうことか」

「え……？」

「俺のこと、口説いてんだ。あんたが満足するまで、俺を好きなようにしたいんだろ」

「そんな……そうじゃないよ……」

「だったら、何なんだよ？　そりゃ、俺は家も金もないし、行きずりのオッサン相手に身体を売ろうとした男だよ。でも、別に誰かの愛人になろうってんじゃないんだ。一晩だけの付き合いならまだしも、専属のオモチャにされるのはご免だよ」

「俺は、そんなことを言っているんじゃない！」

自分でも驚くほどの大声で、和臣はきっぱり否定した。優しい表情と穏やかな口調しか知らなかった莉大は、初めて怒鳴られたことに驚き唖然としている。

「俺は、別に君と寝るつもりはない」

昨夜莉大から言われた言葉を、和臣はそのまま口にした。莉大は途端に表情を引き締め、瞳から嘲《あざけ》りの色を消す。今度はやや語調を和らげ、和臣は静かに訴えた。

「ただ、昨夜の俺の言動に責任があるなら、ちゃんとそれを全うしたいんだ。俺は、莉大くんが訪ねてきてくれて嬉しかった。無理にでも引っ張ってくれれば良かったたって、後悔していたところだったから。でも、今夜からまた同じことをするつもりなら、元の木阿弥《もくあみ》じゃないか。もちろん、莉大くんが好きでしているなら余計なお世話だろうけど、そうじゃないんだろう？　君は、ただ寝るところが欲しいだけで恋人を求めていたわけじゃない」

「…………」

「だったら、遠慮せずにここにいればいい。街角に立って日銭を稼ぐより、ちゃんと仕事を見つけて自立した方がいいに決まってる。ねぇ、ああいう行為は一度踏み越えてしまうと簡単には引き返せなくなるものだよ？　莉大くんは、そういう生活をしたいのか？」

「お……れは……」

したいわけがない、と真っ黒な瞳が言っていた。

悔しいがあんたは正しい、と。

けれど、生来が意地っ張りなのか、莉大の口が素直に動くことはなかった。

「莉大くん」

一つ溜め息をつき、和臣は粘った。

「俺に下心があってこんなことを言っていると思うなら、この場で約束してもいい。君に、不埒《ふらち》な真似をしたりはしないよ。嫌なことも、無理強いするつもりはない。ただ、ここにいてほしいんだ。せめて、今日一日考えてみてくれないかな」

「あんたって……」

ようやく、莉大の唇が開く。弱々しく掠《かす》れた声が、彼の動揺をよく表していた。

「やっぱり、おかしな人だよ。理解できない。何で、そんなこと言うんだよ？　俺のこと、何も知らないのに……」

「知っていることだってあるよ。名前は高橋莉大。アパートを追い出されたばかりで、接客業が苦手。男にナンパされることが多くて、料理がなかなか上手い。それから……」

「――血液型はAで、星座は射手座。最終学歴は都立の普通科高校で、両親も兄弟もいない。ほとんど天涯孤独みたいなもんだよ。出身は大田区、好きな食いもんはかっぱえびせん、いつか行ってみたいのは海の綺麗な南の島。それと……十九歳になったばかりだよ」

「莉大くん……」

スラスラ述べられる自己紹介に、和臣はポカンと口を開いたままだった。莉大の声には、もう迷っている響きはない。彼は簡潔に語り終えると、他に質問は？　というように眼差しを向けてくる。決意を秘めた輝きできらきらしている、とっておきの瞳だった。

「十九……だったんだ……」

他に言うべき言葉が思い浮かばず、照れたように和臣は言った。

「てっきり、まだ高校生だと思っていたよ。その、あんまり小柄なんで」

「榊さんは？　俺も、榊さんのこと知りたいんだけど」

小さく首を傾け、莉大は勝ち気で愛らしい表情を作る。甘えてはいるが、そこに真夜中の媚びはない。素の顔をようやく摑まえた、と和臣は幸福な気分に包まれた。

「俺は……えっと、O型で二十四歳。仕事では新しいプロジェクトのリーダーに抜てきされて、忙しいけど充実した日々を送ってる。だけど……不規則な食生活が、悩みの種だな」

「なぁんだ。じゃあ、俺といれば即解決じゃん？」

「そう……なのか？」

「そうだよ。だって、榊さんが言ったんじゃないか。〝料理が上手い〟って」

「〝なかなか〟が抜けてるよ」

「言ってろって。今晩の夕飯食ったら、俺に土下座したくなるから」

偉そうに腰へ両手を当て、莉大が憎まれ口を返してくる。微かなぎこちなさは残るが、警戒心はすっかり失せたようだ。つられて和臣も口許《くちもと》が緩み、二人は顔を見合わせたまま控えめに微笑み合う。それが笑い声になる日も、そんなに遠くはないだろうと自然に思えた。

どうか、一日も早くその日がきますように。

莉大の笑顔を見つめながら、和臣はひっそりとそう願った。

◆◆◆ 2 ◆◆◆

「榊さん、最近楽しそうですよねぇ」

白衣を着た同僚の藤野塔子《ふじのとうこ》が、メラニン合成の数値結果を持って和臣の個室を訪れる。だが、彼女が開口一番話題にしたのは、検査の内容についてではなかった。

「毎日そそくさと帰って飲み会にも出ないし、妙にウキウキして見えるし」

「でも、俺はどうせ飲めないし。そういう奴がいると、白けるんじゃない？」

「と〜んでもない！　榊さんが参加しないんで、女性陣は不満たらたらですよ。だから、皆で噂《うわさ》しているんです。いよいよ同棲でも始めたんじゃないのって」

「同棲って……」

「だって、銀座店のチーフをやっている柏原《かしわばら》さんとは別れちゃったんですよね？」

「え」

「もう皆知ってますよ。柏原さん本人が、ぽろっと白状したとかで」

「うわ、本当かよ……」

かつての恋人の名前をだされ、和臣はやれやれと嘆息する。振られてから一週間しかたっていないのに、彼女の存在はすでに懐かしい過去に変貌していた。

（まぁ、目まぐるしい一週間ではあったしな）

懸命に引き止めた甲斐《かい》があって、莉大は引き続きマンションに残っている。一度駅のコインロッカーに預けておいた荷物を取りにいった以外は、一日のほとんどを家の中で過ごしているらしい。和臣は合鍵と食費以外にも、当座に必要と思われるお金を彼へ渡しておいたのだが、案の定そちらに手をつける気はまったくないようだった。

「あら、何だか遠い目になってますねぇ」

目敏《めざと》く表情の変化を読み、藤野がツッコみを入れてくる。どうやら彼女は女性陣を代表して、プライベートを探りにきたようだ。苦笑いしながらレポートを受け取った和臣は、ざっと目を通した後「アルブチンの量に、まだ微調整が必要だな。チームに連絡入れてくれる?」などと、甚《はなは》だ期待外れな答えを返した。

「他社の美白開発も、ますますヒートアップしているし。気を抜くなよ、藤野」

「……はぁい。わかってまぁす」

「メラノサイトの活動を抑制するためには、クレンジングにもっとポイントをおかないとね」

露骨にがっかりした顔をされても、和臣は意に介さない。現在開発に携わっているのは、来年の初夏に発売を予定している美白コスメのラインナップだ。従来の商品にあらゆる改良を重ね、飛躍的な効果を生み出すまであと一歩のところへきている。ここでスタッフに浮ついてもらっては、困るのだ。

だけど、とこっそり心の中で反省した。

一番浮ついているのは、やはり自分かもしれない。

何せ、毎日家に帰れば莉大が夕食を作って待っている。どんなに残業で遅くなり、先に寝ていいよと伝えても、彼が寝起きの顔で出迎えたことは一度もなかった。朝は和臣よりも早く起き、夜も滅多に先には眠らない。おまけに家事に関することは料理に限らず、何をやらせても驚くほど手慣れていた。

お陰で、和臣は幼い頃に読んだ絵本に出てくる働き者の女房をもらった気分だ。最初に約束した通り不埒な行為は一切行わなかったし、向こうもキスしたことなど忘れた顔で暮らしているが、莉大の存在は『兄弟』や『親戚』、あるいは『友達』でもしっくりこなかった。

『あんたって、おかしな人だね』

莉大は、和臣のことをいつもそんな風に言う。実は、これも新鮮だった。今まで「いい人」と言われた経験はあっても、「おかしな人」なんて言った者などいなかったのだ。

(まぁ……自分でも、充分おかしいことは認めるけどな)

身元もはっきりわからない、知り合ったばかりの男の子。なんの利害関係も存在しない彼を、ただ放っておけない一心から同居させてしまった。現在は莉大の使える部屋がなく、相変わらずリビングのソファで寝起きさせているので、近い内に2LDKのマンションに引っ越そうかな、とまで本気で考えていた。

「榊さん？　もしもし、榊さん？」

再び遠い目になってしまった和臣に、藤野が呆れた顔をしている。どうやら、今度の相手は相当な魅力の持ち主らしい。そう判断した彼女は、早速皆に報告しなくちゃと心でメモを取るのだった。


藤野のお陰で心なしか増えた好奇の視線を浴びつつ、和臣は久しぶりに定時で帰宅した。

「アルバイト？　明日から？」

「うん。今日、面接してきた。ちょっと歩くけど、図書館の周辺ってお屋敷街になってるじゃん。あそこの近くにあるコンビニだよ。時給は大したことないけど、とりあえず働かないと家賃も払えないしね。で、榊さんに身元保証人になってもらいたいんだけど……いいかな」

「それは構わないけど……。でも、家賃なんて俺はいらないよ」

「そういうわけにいくかよ」

手にした味噌汁《みそしる》のお碗《わん》をテーブルに戻すと、きっぱりと莉大は言い返す。

「いきなり全額ってわけにはいかないけど、僅かでもちゃんと金は払うよ」

「でも、それじゃいつまでたっても貯金とかできないんじゃないか？　俺は君がいつまでここにいてくれたっていいけど、家賃とか貰《もら》うつもりは本当にないんだよ？」

「榊さんって、ほんと変な人だよね」

苦笑しながらお決まりのセリフを口にして、莉大は再び箸《はし》を動かし始めた。彼が作る食事は和食が多く、今日の献立も里いもの含め煮と鶏の味噌焼き、それに大根の味噌汁だ。余った大根の葉は豆腐と卵でいり煮にし、おまけの一品になっていた。毎回食卓に並んだ料理を見る度に、一体どこでこういう料理を覚えたのだろうと少し不思議な気持ちになる。

「あのさ、榊さん」

しばらく黙った後、真面目な声音で莉大が言った。

「あんたの厚意は有難いけど、金を払うのは自分のためでもあるんだ。少しでも払っていれば、ここに安心していられるから。だから、俺の好きなようにさせてよ」

「莉大くん……」

「その莉大くんってのも、やめない？　俺、呼び捨てでいいって何度も言ってるのに」

「じゃあ、君も俺を呼び捨てにして構わないよ」

「俺が榊さんを？　マジで？」

「うん、マジで」

和臣が頷き返すと、急に照れ臭くなったのか莉大がご飯をかっ込んだ。呼び捨てか、と心の中で反芻《はんすう》し、和臣もこそばゆい気持ちになる。

安心してここにいたい、という発言は、とりあえず莉大がこのマンションに落ち着く気でいる証拠だ。それがはっきりわかっただけでも、何だかとても嬉しかった。

あんまりニコニコと見ていたせいか、莉大が居心地悪そうに咳払《せきばら》いをする。我に返った和臣は、急いで自分も食事の続きに取りかかった。

（危ない、危ない。気をつけないと……）

うっかり気を緩ませると、いつも間の抜けた笑顔で莉大を見つめてしまう。これでは、下心なんてないと言い切ったのが嘘になってしまいそうだ。和臣はできるだけ莉大と一緒にいたかったたし、そのためには不信感や警戒心を持たれるのだけは避けねば、と思っている。それに、幾らなんでも相手はまだ十九歳だ。

（そうだよなぁ。女性と上手くいかないからって、いきなり相手が十代の男の子っていうのは我ながら極端に走りすぎだよなぁ……）

それに、とそもそも二丁目へ向かったきっかけを思い出す。

（小泉……）

高校の同級生で、もしかしたら初恋かもしれない相手。

もともと和臣が自分をゲイなのでは、と疑ったのは抄への想いが燻《くすぶ》っていたからだが、麗しくたおやかな美貌の彼に比べると莉大は正反対のキャラクターだった。顔立ちは綺麗で可愛いが、何より勝ち気さが全面に出てしまっている。口調は生意気だし態度は粗雑だし、凜と咲く白百合のような抄との共通点など一つもない。

（でも、今の俺は莉大の方がずっとドキドキするんだよな）

ちら、と視線を走らせると、何か誤解したのか莉大が口をへの字に曲げた。

「何なんだよ、急に黙り込んで。俺がバイトするの、そんなに嫌？」

「あ、いや違うよ。ごめん、えーと……仕事のことでちょっと……」

「ふぅん。和臣の仕事って、キバン何とかって化粧品作ることだっけ。大変なんだ？」

基盤は化粧品ではない。正確には『基盤研究センター薬剤開発研究所』勤務だよ、と何度も教えたのに、莉大は頭から覚える気がなさそうだ。大雑把だなぁ、と苦笑を浮かべた時、和臣は自分が初めて呼び捨てにされたことに気がついた。

「今さ、和臣って言った？」

「…………」

「言ったよな、莉大くん……じゃない」

「…………」

「……莉大」

お返しとばかりに呼びかけてみたが、莉大は知らん顔で食事を続けている。けれど、ちゃんと耳には届いたようで、耳まで赤くなるのがわかった。

翌日から、莉大がコンビニでアルバイトを始めた。

和臣は「それなら食事は当番制にしようか」と持ちかけたが、あっさりと却下される。理由は、「和臣の料理はまずい」からだと言う。確かに、忙しさにかまけて自炊などほとんどしていなかったので、作れる料理はパスタとカレーくらいしかない。その点、莉大はさほどコストをかけずに美味しいものを作る名人だった。

「俺、ばあちゃんに仕込まれたからね」

ある日、彼は珍しく自分の生い立《おいた》ちを口にした。

莉大の両親は彼が小学生の頃に亡くなって、以来親戚を転々とした挙句、中学入学を機に母方の祖母と二人暮らしになったらしい。家事全般は、その頃に一通り彼女から教わったようだ。やがて高齢の祖母に代わって莉大が家事をするようになり、掃除や料理の腕に一層磨きがかかった。

「ばあちゃん、家事の神様みたいな人でさ。いろいろ教えてくれたなぁ」

今日は和臣の仕事が休みだったので、二人は一緒に買い物へ出かけている。もっと莉大の話が聞きたかったので、お茶でも飲んで帰ろうと近くのカフェテラスへ寄ることにした。

「ここは、春になるとテラスから見る桜が見事なんだよ。ほら、窓の向こうに遊歩道があって、ぐるりと桜の樹が植えられているだろう？　その時季は営業時間も少し長くなって、満開の桜が覆いつくした空に月が綺麗に浮かぶんだ」

「へぇ……見てみたいな。俺、花見ってしたことないんだ」

冬期はクローズされているテラス部分を店内から眺め、莉大が羨《うらや》ましそうな声を出す。花見に限らず、彼が「したことない」「見たことない」と言ったものは実に多かった。

「じゃあ、春がきたらまた一緒にここへこよう。莉大に、好きなだけ桜を見せてあげる。ここだけじゃない。他にいい席を予約してもらうよ。大丈夫、店長とは懇意だからテラスの一番の名所を巡ってもいいし、休みの度にあちこち出かけよう」

「いいの？　その頃には、和臣にも恋人ができてたら？」

「そんなの関係ないさ。花見は誰としたっていいもんだよ」

「でも、俺は邪魔になるかもしれないのに……」

「……それ、本心で言ってるの？　俺に恋人ができたら、莉大が邪魔になるって？」

心外な思いで問いかけたら、気まずそうにフイと目線を逸《そ》らされる。

「莉大？」

「あのさ……これからクリスマスまで、バイトの時間を増やしたいんだけどいい？」

「え？」

突然話題が変わったので、和臣は一瞬面食らった。だが、特に反対する理由もなかったので「いいけど……」と言葉を濁す。

「だけど、身体の方は大丈夫なのか？　莉大、この前も深夜に帰ってきただろう？」

「全然、平気。俺さ、接客苦手だったけどコンビニは楽でいいよ。余計な会話しなくていいし、おとなしくレジ打ったり品出ししていればいいんだもんな。あ、遅番のシフトの時には前もって夕食を作っておくから。それに、週の半分くらいは和臣と一緒に食べられるよ。大丈夫、心配かけるような真似はしないって」

「そんなに無理しなくていいんだよ。いきなりフル回転で働き出して、おまけに家事までやるなんて無茶だよ。何か、欲しいものでもあるのなら俺が……」

無駄とは知りつつ言ってみたが、やはり莉大は笑って首を振っただけだった。無力感に襲われた和臣は、手許の冷めたカフェオレに視線を留《とど》める。人一人養えるくらいの稼ぎは充分あるが、莉大が望んでいない以上はどうしようもない。けれど、バイトを決めてきた日から彼の労働時間は日増しに増え、よほどお金が必要なのかと勘ぐらざるを得なかった。

しばらく沈黙が続いたせいで、店内の雑音がやけに耳をつく。何か楽しい話題でもなかったかな、と考えを巡らせていた時、不意に莉大が「……青駒《あおこま》」と小さく呟いた。

「え？　今、何て言った？」

もし空耳でなかったら、それは和臣にとって一番馴染みの深い名前だ。

莉大はゆっくり視線を戻すと、もう一度「青駒だよ」とくり返した。

「最初の自己紹介で、南の島へ行ってみたいって言ったけど。実は、もう一つ行ってみたい場所があったんだ。それを、さっきの桜と月の話を聞いて思い出したんだよ。青駒市って、旧市街にたくさん大小の運河が走っていて、すごく綺麗なところなんだろ？」

「……そこは、俺の生まれ育った街だよ」

「えっ、そうなんだ？」

思いがけない言葉を聞いて、莉大の目がパッと輝いた。

「和臣って、東京の人かと思ってた。じゃあ、実家は青駒にあるのか？」

「ああ。今も両親と弟が住んでる。同級生も、半分くらいは残っているんじゃないかな。何せ、東京とは一時間ちょっとしか離れてないから。でも、青駒ならいつだっていける距離なのに、一度も行ってみたことなかったのか？　まぁ、観光都市ってわけじゃないからなぁ」

「街の風景が、写真雑誌に載ってたんだよ」

先刻とは打って変わって、イキイキと莉大は話し出す。その顔は見惚《みと》れるほど可愛かったが、自分の出身地に憧《あこが》れている人間がいるなんて和臣には非常にこそばゆかった。それに、本当に青駒は何もない街なのだ。古い運河が走る旧市街は無国籍な雰囲気があってなかなか評判がいいが、特に有名な観光地というわけではない。いわゆる、平凡な郊外だ。街の写真が雑誌に載っているという話も初耳だった。

「俺が和臣の彼女をあんなに怒ったのもさ、半分は表紙を折られたのがその雑誌だったからなんだ。なあ、青駒が地元なら『小泉館《こいずみかん》』ってホテル知ってる？」

「え……」

思わずドキリとした。

そのホテルは、かつての同級生、抄が兄弟と一緒に頑張って維持している場所だったからだ。しかし、そんなこととは知らない莉大は、構わず先を話し続けた。

「そのホテルって家族経営でめちゃめちゃ小さいんだけど、ある一室から月がとても綺麗に見えるんだって。ルームナンバーは秘密だったけど、行けばきっとすぐわかるんじゃないかな。屋上から撮った桜の写真も、すっごく綺麗だった。それに、古い薔薇園《ばらえん》とか石造りの小さな橋とか、どこもかしこも優しい空気でいっぱいだったよ。確か、松浦浩明《まつうらひろあき》って名前の写真家だった」

「松浦……浩明……」

残念だが、まったく知らない名前だ。地元出身のカメラマンなら耳に入ってくるだろうから、恐らくはよその土地の人間なのだろう。いずれにせよ、『小泉館』の一言だけで和臣の心臓はいっきに鼓動を速めていた。

「和臣……？」

リアクションが上の空なので、ようやく莉大も変だと思い始めたようだ。テーブルに身を乗り出すと、探るような目付きでこちらを見つめてきた。

「どうかした？　何かそわそわしてるよ？」

「い、いや、別に。ほら、莉大が青駒に行きたいなんて言うから、びっくりしたんだよ。俺にとっては、何てことない場所なんだけど……写真がよっぽど良かったのかな」

「何枚か、俺と同じ年くらいの男の子も写ってたよ。ホテルの息子なんだって」

「………………」

莉大と同年代ということは、抄の弟の裕《ゆう》か茗《めい》のことだろうか。最近ではすっかり遠のいていた友人の面影が、俄《にわ》かに現実味を帯びて脳裏に蘇ってくる。聡《さと》い莉大に内心の動揺を見抜かれないよう、和臣はかなり苦労して笑顔を作った。

いつか、青駒に連れていってくれと言われるかもしれない。

あの街を莉大と歩く日がくるなんて想像もしていなかったが、あるいは思い出から抜け出せるいいチャンスになるだろうか。莉大と一緒に記憶を塗り替えれば、きっと抄のことも懐かしい旧友として胸にしまい直せる気がする。

ところが、和臣がそんな夢想をしたのも束の間、莉大はさらりと断言した。

「安心しなよ。俺、和臣と一緒に行きたい、なんて言わないから」

「え……どうして」

「だって、実家があるんだろう？　俺のこと、家族にどう説明するつもりだよ。友達って言うには年の差があるし、正直に二丁目で知り合ったなんて話したら、間違いなく勘当されちゃうぜ？　それがヤブヘビになって、和臣がゲイだってバレたらもっと大変じゃん。ごめんな、変な話して。まさか、あんたの地元だなんて思わなかったから……」

「別に、莉大が謝ることじゃないだろ。それに、実家なんて寄らなくてもいいんだし」

「狭い街だって聞いたもん。どこかでバッタリ会ったらどうすんだよ」

どうやら莉大の心は決まっているらしく、和臣が何を言っても聞く耳を持ちそうにない。ホッとしたようながっかりしたような、相反する複雑な感情に支配されながら、和臣は途中で説得を諦めた。

家族にどう説明するつもりだよ、と問われれば、情けないがすぐには答えが出せそうもない。わかっているのは、できるだけ長く莉大と一緒にいたいということだけだ。そのために必要な嘘なら、いくらでも重ねる覚悟が必要だろう。

だけど、和臣は莉大へ感じた最初の印象を覚えている。

あの子に似合うのは、ネオン混じりの闇じゃない。お日様の下で、大きな口を開けて笑っているのが相応しい。誰より強くそう願った自分が、嘘で固めて莉大を守ろうとするなんてナンセンスもいいところだ。

（それ以前に、俺たちは恋人ってわけでもないんだよな……）

いっそ恋人なら開き直れるのに、と和臣は歯がゆく思う。でも、莉大が望まない限り強要はできないし、自分が踏み込んだせいで今の関係が壊れるのは怖かった。一瞬重ねた唇は今でもあの時の甘い感触を覚えているが、和臣は懸命に忘れた振りをしようと努めている。それが、二人にとって一番平和な道だと信じていた。

（それに、莉大は金のために男とホテルへ入ろうとしただけで、別にゲイってわけでもないんだよなぁ。もしそうだったら、とっくに……）

とっくに……どうするつもりだったと言うのか。

己の独白にショックを受け、和臣は慌ててコップの水をいっき飲みする。目の前では莉大が訝《いぶか》しげな表情を隠しもせず、そんな同居人の姿を眺めていた。

アルバイトの時間を増やしたため、莉大は朝から夜まで休みなく働くようになった。それでも疲れた素振りも見せず、初めに公言した通り週の半分は夕食時間に戻るようにしてくれる。もっとも、最近では食べた後で再びバイトに出る日も多かった。

見ている和臣は心配で仕方なかったが、自分自身も研究が佳境に入ってきたせいで残業時間がかなり増えている。お陰で、せっかく莉大が待っていても帰宅が深夜だったり泊まり込みになったりして、二人のスレ違いは徐々に目立ち始めていた。

それでも、クリスマスくらいはゆっくりしようと約束をした。正直、先の楽しみがなければやっていられないほど、お互いに忙しかったのだ。莉大はいつものように最初は遠慮気味だったが、少し強気で和臣が押すと存外素直に喜んでくれた。

「ただ、問題があってさ……バイト、休めるかどうかわからないって」

「それって、相手の人かなりお金に困ってるんじゃないですか？」

本社の宣伝部とミーティングをした帰り、同行した藤野と遅い昼食を取った和臣は彼女に乗せられるまま少しだけ現状を愚痴ってみた。そこで返ってきた答えが、これだ。

「もしかしたら、榊さんに内緒の借金とかあったりして。あるいは、どうしても短期で貯めないといけない理由があるとか。彼女って、まだ若いんでしょ？　まさか、別の男に貢いでるって可能性はありませんかね？」

「……君に話したのが、間違いだったよ」

「あ。嘘、嘘ですってば。冗談ですよ～」

藤野は綺麗にたいらげたハンバーグ定食の皿を脇へよけると、椅子から立ち上がりかけた和臣に向かい、取ってつけたような笑顔を見せた。

「まぁ、座ってくださいってば。榊さんって、恋人はいたけど同棲って今までなかったですよね。やっぱり、その彼女とは結婚とか意識されているんですか？　ひょっとして、彼女さんは結婚資金を貯めているのかも……」

「いや、それはないから」

渋々座り直した和臣は、即答で否定した。だが、相手が女性だと信じて疑わない藤野は、きっぱりと否定されたので逆に鼻白んでしまったようだ。やがて、何を思ったのか憤慨した顔つきになり、挑戦的に和臣へ詰め寄った。

「榊さん、結婚するつもりないいんですか？」

「へっ？」

「彼女さん、可哀想《かわいそう》ですっ。結婚する気もない男から、お金の使い道だけ詮索《せんさく》されて。大体ですね、一緒に暮らすってことは相手の生活にも責任を持つってことでしょう？　何で、籍だけ入れないんですか。最後の自由は、取っておきたいとでも？」

「だ、だから、それにはいろいろ事情が……」

「そりゃあ、恋人同士のことですから、余計なお世話だと言われればそれまでですよ」

言葉ほど殊勝な様子もなく、藤野はジッと真剣な目でこちらを見ている。思いがけない方向に話が転んだため、迂闊《うかつ》にプライベートな話をした自分を和臣は心底呪《のろ》った。

「と、とりあえず、そろそろ研究所に戻ろうか。この話は、また……」

「この間、銀座店に寄った帰りに柏原さんとお茶したんですよ」

「え……」

元彼女の名前を藤野から聞くのは、先日に続いて二度目だ。しかも、お茶をするほど仲が良かったとは聞いていない。不穏な心もちで、仕方なく「それで？」と先を促した。

「彼女、榊さんのこと〝いい人〟だって、そう言ってました。優しくて、どんなワガママも聞いてくれて、決して怒鳴ったりキレたりせず、いつも穏やかだったたって」

「…………」

「でも、本気で愛されている気がしなかったそうです。だから、疲れたって……」

どこかで、そう言われることはわかっていた気がした。そのため、妙に冷静な気持ちで和臣は藤野の話を聞いていた。

「こんな話、榊さんにしてごめんなさい。でも、榊さんが恋人のことで愚痴を言ったりするの、初めてじゃないですか。今の彼女さんのこと、よっぽど好きなんだなぁって思ったんですよ。だって、顔つきが全然違いますもん。落ち着きはなくなるし、一人で百面相していたりするし。そういう榊さん、私は見たことがありません。だから、つまんないことでダメになってほしくないなって思って……応援しているんですよ、これでも」

「……ありがとう、藤野」

和臣がにっこりと微笑むと、藤野は真っ赤になって首を振る。一歳年下の彼女とは、実は一回だけ付き合いかけたことがあった。結局、当時和臣に熱を上げていた別の女性が強引に割り込んできたため進展しないまま終わってしまったが、それで良かったと思っている。自分が情熱を燃やして他人を愛せない以上、付き合っても悪戯《いたずら》に相手を傷つけるだけだ。せめて、藤野にそういう思いをさせないで済んだことを神様に感謝した。

（疲れた……か……）

『あなたって、いい人よね』

このセリフは、歴代の彼女たちが残していった精一杯の皮肉だ。今なら、和臣にもそれがよくわかる。何故なら、付き合ったどの女性に対しても、莉大を想うほど強い気持ちは持てなかったからだ。しかも、莉大は恋人ではない。挨拶《あいさつ》程度のキスをしただけの、単なる同居人にすぎない相手だ。それにも拘《かかわ》らず、和臣は莉大が愛《いと》しかった。同じベッドで抱き合った彼女たちよりも、別々の部屋で眠る彼が大切だった。

（でも……）

叶う恋ではない、と思う。

そういう約束の上で、莉大とは一緒に暮らしている。それに、もしも和臣が本気で迫ったら、きっと莉大は「約束が違う」と言いながらも許してしまう気がした。妙に義理堅くて、こちらがどんなに甘やかしたくても毅然《きぜん》と突っ撥《ぱ》ねる莉大は、家賃を半分も払えないことをとても気にしている。屋根を貸す和臣が要求するものなら、きっと応えようとするだろう。そこまでわかっていて、弱みにつけこむような真似などできっこない。

（――莉大……）

胸が、苦しかった。片想いがどれだけ切ないものか、骨身に染みるようだと思った。この激しい痛みに比べれば、抄への憧れなど一過性の麻疹《はしか》だったことは明らかだ。

莉大が恋しい。許されるなら、今すぐ彼を抱きしめたい。でも、それを莉大自身が望まない限り、決して自分から口に出してはいけないのだ。莉大が好きだから、和臣は彼に自由でいてほしい。お日様の下で、いつでも屈託なく笑っていてほしい。

（莉大……莉大……莉大……――）

和臣は目の前に藤野がいることも忘れて、顔を覆ったまま深々と長い溜め息をついた。

今頃、莉大はコンビニで一生懸命働いていることだろう。今夜は遅くなると伝えてあるから、一人で夕飯を食べた後、また出かけるかもしれない。あんなに昼も夜もなく働いて、一体どうしようと言うのだろうか。もしや、引っ越し資金を貯めているのだとしたら。口ではクリスマスが楽しみだとか言っていても、彼の性格上いつまでも他人の世話になるのは心苦しいに決まっている。

ある日突然、出ていくと言われたら？　その時、自分は冷静でいられるだろうか？

そんな風に考えただけで、和臣はいてもたってもいられなくなってきた。おもむろに顔を上げると、藤野が何もかもわかったような顔でそっと頷く。聡明《そうめい》な彼女との付き合いをなし崩しな恋愛と混同しなくて良かったと、和臣はもう一度心から思った。

「藤野、俺……」

気がつけば、口が勝手に動いていた。

「ごめん。今日は、このまま早退する」

椅子を蹴飛《けと》ばす勢いで立ち上がり、和臣は書類袋を抱えて駆け出した。

和臣の勤める研究所は、マンションと駅三つ分しか離れていない。それなのに、じりじりと電車を待つ余裕が持てず、そのままタクシーに飛び乗った。ここ数日ろくに会話する時間もなかったが、今日こそ莉大の帰りを待って、まだ出ていかないでほしいと話してみよう。できれば、彼が何のためにそんなに働いているのか、せめて理由だけでも聞かせてもらいたい。踏み込むことで莉大を失うのではないかと恐れたが、こんな中途半端な状態では遠からず自滅してしまう。恋だと態度に出せないのなら、せめて大切なんだと言葉で伝えよう。

「莉大？　莉大、帰っているか？」

玄関を開けるなり、和臣は奥へ声をかけてみる。だが、部屋はシンと静まり返ったまま、コトとも音がしなかった。やっぱり、莉大はバイトから戻ってはいないらしい。何気なく腕時計を見ると、もうすぐ四時になるところだった。

「いくら何でも焦り過ぎか……」

莉大のシフトはかなり不規則らしく、日によって帰ってくる時間がまちまちだ。勢い込んで早退してきただけに、和臣は少し拍子抜けする思いだった。

着替えるより先にリビングへいき、事務的にエアコンと照明をつける。バイトを終えた莉大が通りから部屋を見上げた時、窓の明かりを見てホッとできるように。そんなことを考えながら視線を下ろした和臣は、テーブルの上に置かれた便箋《びんせん》とボールペンに目を止めた。

「これは……――」

無地の便箋は真っ白で、まだ何も書かれてはいない。だが、明らかに数枚は使った形跡があった。ボールペンの下には使いかけの封筒が散らばっており、どうやら手紙を書こうとして中断したものらしいが、手紙を書くという行為自体が莉大の雰囲気とはかけ離れている。

「でも、莉大しかいないよな」

複雑な思いで白紙の便箋を見つめ、和臣はポツリと呟いた。

一体、誰に宛《あ》てて手紙を書こうとしたのだろう。湧き起こる疑問はひどく苦い味がして、和臣を大きく戸惑わせた。主義なのか経済的理由からか、莉大はパソコンも携帯電話も持っていない。必然的に連絡手段は手紙か電話に限られてしまうが、わざわざ面倒な手紙の方を選ぶなんて余程ワケありな相手としか思えなかった。

いくら天涯孤独の身の上とはいえ、莉大にだって友達くらいはいるだろう。だから、何も自分が狼狽《うろた》える必要などどこにもない。そう言い聞かせてはみたものの、和臣の気持ちはざわついたままだった。それに、連絡を取りたい相手がいるなんて、莉大からは一度も聞いた覚えがない。

「莉大……」

気がつけば、唇が彼の名前を呼んでいた。たった二週間ちょっとしか一緒にいないのに、すっかり莉大の全部をわかったつもりになっていたのだ。今、何の予告もなく突きつけられた現実は、お気楽だった自分をまるで嘲っているようだ。

脱力した和臣はそのままソファへ身体を沈め、なるべく便箋を見ないようにした。今までも、一人の時はこっそり手紙を書いていたのだろうか。その場面を想像しただけで、まだ見ない相手へ激しく嫉妬《しっと》している自分に気がついた。


どのくらい時間がたったのだろう。

ふと人の気配を感じ、うたた寝をしていた和臣は慌てて身を起こした。

「あ、ごめん。起こしちゃった」

和臣と目が合った途端、莉大が申し訳なさそうな顔になる。いつ帰ってきたのかと尋ねる前に、彼は「待っていてくれたんだ？」と付け加えた。

「こんなとこで寝てたら、風邪ひくよ？　大丈夫？」

「今……何時だ……？」

「……十時」

「十時？　嘘だろっ？」

あんまり驚いたお陰で、いっぺんに目が覚めた。このところ仕事が忙しかったので確かに疲れてはいたが、まさか六時間近くも眠ってしまうとは思わなかった。

見たところ、莉大は帰ってきたばかりのようだ。まだダウンジャケットを羽織ったまま、手には普段自分が使っている羽根布団を持っている。寝ている和臣にかけるつもりだったのか、起こしてしまったことをしきりと恐縮しているようだった。

「手紙……手紙は……」

「え？」

「あっただろ、ここに便箋とボールペンが」

和臣が指さしたテーブルは、すでに綺麗に片付けられている。莉大は私物を大きめのボストンバッグに詰め込んで部屋の隅に置いているので、そこへ片づけてしまったのだろう。

「片づけ……ちゃったのか……」

気まずい空気を読んだのか、莉大は急いで布団を床へ下ろす。同居を始めてから和臣が表情を曇らせることは滅多になかったので、気後れしているのがよくわかった。

「あの……遅くなってごめん」

「………」

「本当は、夕方からは家にいる予定だったんだよ。でも、人手が足りないからって急に呼び出されて……。結局、連絡する時間も取れないくらい忙しくて、こんな時間になっちゃったんだ。その……心配してくれたんだろ？　今日も帰りが遅いって聞いてたのに部屋に明かりがついてたから、びっくりして急いで上がってきたんだよ」

さばさばした莉大には珍しく、口調が言い訳めいている。やっぱり手紙の存在がバレたからではないかと、和臣は無言のまま思った。それに、こちらが尋ねているのに手紙について何も言わないのも気にくわない。本来怒りが持続するタイプではないのだが、今は和臣自身が困惑するほど感情の制御ができなかった。

いつまでも沈黙が続くので、莉大は目に見えて困っている。勝ち気な瞳は輝きが失せ、笑顔は疲労の色が濃くなっていた。それでも一つ息を吐《つ》いて気を取り直すと、無理に明るめの声を作って「ご飯、作ろうか」と話しかけてきた。

「大したものはできないけど、冷蔵庫に何か残ってると思うし……」

「いいよ。……食欲ないんだ」

「和臣……」

「それに、何度も言っているだろ。莉大が、家事を全部やることなんてないんだよ。俺は、おまえの料理を当てにして一緒に住んでいるわけじゃない」

「そんな……ただ、和臣がお腹空《す》いてるんじゃないかなって……」

「俺は、空腹で不機嫌なわけじゃない。莉大が……」

一瞬だけためらった後、和臣は思い切って最後までひといきに言った。

「……莉大が、俺には何も言ってくれないのが悲しいんだ！」

「言わないって、何をだよ？　俺、なんにも疚《やま》しいことしてないよ？」

本気でわからないらしく、莉大の黒目が大きく揺れる。いつもの彼なら、とっくに癇癪《かんしゃく》を起こしているところだ。それが、今夜に限っておとなしいのは何故なのだろう。一つ不安を感じてしまうと莉大の一挙手一投足が気にかかり、和臣は自分が何を言いたいのかさえわからなくなってきてしまった。

「――莉大」

上手く言葉が出てこない代わりに、細い右腕を摑んで乱暴に引き寄せる。バランスを崩した莉大は床に膝《ひざ》をつき、無防備に和臣の胸へ頭を預ける格好になった。

「なっ、何すんだよっ」

莉大は驚いて声を上げたが、自分でも説明のつかない衝動を納得させるなんて無理だ。途方に暮れた和臣は、彼を腕に閉じ込めることでしか気持ちを表現できなかった。

「莉大……」

考えてみれば、莉大に触れるのはこれが初めてだ。腕の中で彼の体温が馴染んでくると、それまでの焦りが嘘のように溶けていくのがわかった。

「和臣……何で……？」

なけなしの勇気を振り絞った声が、弱々しく聞こえてくる。和臣は静かに吐息をつくと、

自分の方が年下のようだと情けなく思った。

「ごめん、乱暴な真似して。莉大との約束、破っちゃったな……」

「そんなこと、訊いてないだろ。今夜は、どうしてそんなに苛々しているんだよ」

「……ごめん」

「ごめんじゃ、ちっともわかんねぇよ」

とうとう業を煮やしたのか、おとなしく抱かれていた莉大がキッと顔を上げる。

「ちゃんと理由はあるはずだろ？　どうして、何も言ってくれないんだよ。俺に不満があるなら言えばいいし、知りたいことがあるなら訊けばいいじゃないか」

「訊いたら、答えてくれるのか？」

「そりゃ……質問の内容にもよるけどさ。でも、こんなの和臣らしくないよ。和臣はいつも大人で優しくて、一緒にいるだけで安心できたのに。なぁ、何かあるなら正直に言ってほしいんだ。俺、あんたのためなら何でもするよ。だから……」

「莉大……」

「本当だよ。できることなら何でもする。だから、俺に話してよ」

「…………」

それは、これまで莉大が口にした言葉の中で、もっとも和臣を感動させた一言だった。しかも、勢いで言ったわけではない証拠に瞳に真摯《しんし》な強さが戻っている。たとえどんな無理難題を吹っかけられても、狼狽えない心づもりをしている目だった。

愛しい相手から熱心に見上げられて、和臣はようやく少しずつ理性を取り戻す。いつの間にか、莉大の中にも自分の居場所がちゃんと作られていたのだ。それが実感できた途端、胸に巣くっていた不安が解消されていくのを感じた。

「和臣……」

莉大が、瞬《まばた》きもせずにこちらを見つめている。黒目が潤んで見えるのは、気が昂《たかぶ》っているせいだろうか。あどけない色味の唇が動き、震えながら動かされる。まるで夢でも見ている気分で、和臣は莉大の綺麗な顔を見つめ返した。

「和臣、俺は……」

「……もういいんだ。ありがとう、莉大」

「え？」

「俺、どうかしていたよ。莉大が、俺の知らない間に誰かと連絡を取ってるってわかって、何だかひどく動揺しちゃったんだ。でも、考えてみればそんなの当たり前なんだよな。プライベートなことなんだし、そこまで干渉する権利なんて俺にはなかったんだ」

「…………」

「だけど、できたらこれだけは教えてほしい。そんなにバイトに明け暮れているのは、何のためなんだ？　もし、深刻にお金が必要な事情があるなら、やっぱり相談に乗りたいよ」

頭に上った血がだいぶ冷めたお陰で、今度は落ち着いて話を切り出せた。和臣は内心ホッとしながら身体を屈《かが》めると、真剣な表情で莉大に迫った。

「莉大、俺に話してくれ」

「………」

「俺も、おまえと同じ気持ちだよ。莉大のためなら、何でもしてやる。それくらいの覚悟がなかったら、一緒に住もうなんて言わないよ」

その言葉を聞いた瞬間、莉大の瞳が一際大きく見開かれた。彼は縫い止められたように和臣から視線を動かさず、何度も唇を開きかけてはためらいがちに閉じる。こんな危うい表情を間近で見せられては再び理性を失ってしまうと、和臣は慌てて体勢を元に戻した。

「あの、俺……」

ようやく決心がついたのか、おずおずと莉大が口を開いた。

「俺さ……できたら、服を作る勉強をしたいんだ。そんで、専門学校に通えたらいいなぁって思っていて、その学費を貯めているんだ。もともと、古着とか自分でアレンジしたりするの好きでよくやっていたし……あ、きっかけは新品買う余裕がなかったせいだけど」

「莉大……」

「服とか、貧乏になると優先順位下がるだろ。だから、いつか自分の手でカッコいい服を作りたいってずっと……。ま、まぁそういうわけ。心配かけたんなら、悪かったよ。俺、別におかしな借金とかはないからさ。その点は、安心して」

「バカだな、そんな心配していたわけじゃないよ」

この期《ご》に及んでそんなことを言い出す莉大に、たまらない愛おしさがこみ上げてくる。和臣はふぅ、と息を吐き、気の緩んだ笑みを口元に浮かべた。

「学費……だったのか……。じゃあ、莉大は引っ越ししたいわけじゃないんだな」

「引っ越し？　何で、そういう発想になるかな。それとも、和臣は俺が早く出ていった方がいいのかよ。少なくとも、当分は世話になろうと思っていたのに。あんたに追い出される日まではってさ」

「俺が追い出す？　莉大を？」

きっぱりと、和臣は首を振る。

「そんな日は――永久にこないよ」

迷いもなく断言した後で、もう一度莉大に微笑みかけた。

「好きなだけ、ここにいていいんだ。もう莉大の家なんだから」

「え……」

「出て行くことなんて、考えなくていい。側にいてくれれば、俺は嬉しいよ」

「…………」

囁《ささや》くように付け加え、そっと指先を莉大の頬へ滑らせる。自分が何をしているのか自覚もないままに、和臣の身体は自然と傾いていった。

唇を近づけると、莉大が静かに目を閉じる。

長いまつ毛が肌に影を落とし、普段よりずっと大人びた雰囲気になった。和臣は極上のお菓子でも味わうような気分で、慎重に自分の唇を彼に重ねる。触れた場所から甘い痺《しび》れが生まれ、それはすぐさま全身を駆け巡った。

莉大は作り物のようにジッと動かず、おとなしく口づけを受けている。

だが、彼が何を考えているのかは、閉じた瞼《まぶた》に隠されていてわからなかった。

◆◆◆　3　◆◆◆

（やっぱり、あれはまずかったよなぁ……ていうか、俺って自分で思ってるほど理性派の人間じゃなかったってことか。でも、今までは自制が効かなくなったことなんてなかったのになぁ……。ああ、まずった……大失態だ）

朝から実験室に立てこもったまま、和臣は繰り言を呟き続けている。白衣を着ている時だけは全てを忘れて仕事に没頭できたのに、最近はそれも怪しくなってきていた。

（とうとう、キスしちゃったもんなぁ……）

あれから、三日が過ぎた。

莉大は相変わらずバイトに忙しく、和臣に事情を話して安心したのか、今は時給のいい深夜から朝までのシフトに切り替えている。クリスマスには初のバイト代が出るので、ようやく家賃も払えると笑顔で言っていた。

（笑顔……そう、笑顔なんだよ……）

キスされたことなんて、まるきり記憶にありません。そう言っているかのような天真爛漫《てんしんらんまん》な笑顔で、莉大は和臣と接している。唇が離れた直後も特別なリアクションは何もなく、無言で和臣を見つめ返しただけだった。もしかして、莉大の瞳を覗き込めば何かが変わるんじゃないかと期待したが、見つけたのは飴《あめ》細工のように滑らかな光だけだ。微妙な感情の揺れは透明な膜に閉じ込められたまま、ついに表へ出てくることはなかった。

（……ああいうの、魔が差したって言うんだろうな）

薬品の瓶《びん》や大小の試験管に囲まれていると、和臣は昔から不思議と気持ちが安らいだ。大学も理学部を選んだし、現在もその延長線上にある仕事にやり甲斐を感じている。だから、何度恋人との別れを経験しようが自分の核は少しも揺らがなかった。

それなのに、今は相手の心が読めないだけでこんなにも平常心を失っている。なまじ莉大の態度が変わらないので、余計に困惑は増すばかりだった。

（何も変わらないっていうのは、なかったことにされてるって意味か……）

それを認めるのは、イコール自分の失恋を認めるということだ。だが、約束を破ってうっかり手を出してしまった和臣に変わらない態度で接してくれているのだから、それでも充分満足しなくちゃいけないな、と嘆息した。

（莉大、身体は本当に大丈夫なのかな。このところ、毎日朝帰りなのに……）

たとえドア一枚隔てた場所でも、莉大の気配を感じて寝るのは気分がいい。けれど、現在の莉大は朝帰りなので、和臣はソファで眠る彼の寝顔を見てから出社するパターンになっていた。それでもダイニングテーブルには簡単な朝食の用意がしてあり、「家事には手を抜かない」という莉大の意地が伝わってくる。言っても無駄なので和臣も黙って食事をするが、バラバラに食べる回数が増えれば増えるほど淋《さび》しさは募るばかりだった。

ゆっくり過ごそうと話したクリスマスは、もう近くに迫っている。

はたして、莉大は和臣との予定をちゃんと優先してくれるだろうか。

「……はぁ……」

三時間こもって初めて出た声が、溜め息だ。こんな情けないことじゃいけないと、自分を叱る元気すら湧いてこない。初めて本気の恋に落ちた和臣にとっては勝手のわからないことだらけで、ひたすら思い悩むだけの日々が続いているのだった。


それは、一枚のコートがきっかけだった。

現在和臣のチームが開発を進めているコスメは、美白効果に重点を置いた新ラインだ。その経過を上部に報告するため、主任の和臣と補佐役の藤野は揃《そろ》って青山の本社へ出かけていた。頑張った甲斐あって進行具合は順調で、年末までは一時的な小休止といった段階まできている。上層部の反応もまずまずだったので、帰途についた二人はかなりご機嫌だった。

そんな時、見つけたのだ。

こぢんまりしたセレクトショップのウィンドウを飾る、鮮やかな深緑色のピーコートを。

「わぁ、すっごい綺麗な色ですねぇ。ちょっと他にないですよね、こういうの」

思わず足を止めた和臣の隣で、藤野が悪くないというように声を出す。歳末バーゲンで賑わう中、その店だけはけばけばしいチラシやビラに汚染されることなく、物静かな佇《たたず》まいなのも余計に好感が持てた。

「だけど、けっこう高そう。仕立てとか上等みたいだし、きっと普通のウールじゃなくてカシミアとかですよ。ほら、ボタンも本物のくるみで……さ、榊さんっ？」

藤野のセリフを最後まで聞かず、和臣はさっさと店内へ入っていく。驚いた彼女が急いで追ってきた時には、もう店員にウィンドウのピーコートを外すよう声をかけていた。

「榊さんって、ああいうの着るんですか？　確かに可愛いコートだけど、学生っぽくないですか。第一、今着ているのだってすっごくいいコートなのに……」

「違うよ。俺じゃなくて、同居人に似合うと思ってさ」

「えっ。でも、あれ女性には少し大きいですよ。だって、メンズじゃないですか」

「だから、いいんだよ。きっと、似合うと思うんだ」

和臣がニコニコして答える横顔を、藤野は呆気に取られた様子で見ている。恐らく、頭の中では様々な可能性や憶測がぐるぐる回っているのだろう。だが、どれ一つとして口にする勇気はないのか、買い物を終えて店を出るまで彼女はずっと無言のままだった。

「今日は、このまま直帰だよね。明後日《あさって》は土曜だし、今週末はまともに休めそうかな？」

「……そうですね……」

「どうした、藤野。なんか、いきなりテンション下がってないか？」

大きな紙袋に詰めたリボン付きのラッピングは、和臣の脳内を早くも莉大の笑顔でいっぱいにする。そのため、自分の言動がいかに大きな波紋を藤野へ投げかけたかまでは、少しも考えが及ばなかった。


本当は、イブの夜までプレゼントは隠しておこうかと思っていた。

でも――。

「莉大、ずっと薄いダウンジャケット着たきりだったからなぁ」

クリスマスまで待っていたのでは、せっかくのコートも活用期間が短くなってしまう。何より、一刻も早くこれを着た莉大が見たかった。帰りの道すがらずっと悩んでいたが、やっぱり早めに渡してしまうことに和臣は決める。その代わり、当日は他に何かちょっとしたものを考えればいいことにした。

「あ……ダメか」

ひょいと腕時計を覗いた和臣は、思わず舌打ちをした。今から帰ると、二十時から朝までシフトに入っている莉大とは行き違いになってしまいそうだ。和臣が起きる頃には疲れ切って爆睡しているし、そうなるとメモと一緒に枕許に置いておくのが精一杯だろう。サンタクロースじゃあるまいし、そんなのはちょっと味気ない。

「……確か、お屋敷街の近くのコンビニだったよな」

場所はわかっているのだから、いっそバイト先まで届けてしまおうか。

ふと、そんな思い付きが頭に浮かんだ。休み時間くらいある筈だから、それまで近所のカフェで時間を潰《つぶ》しておいて、少しだけ出てきてもらえばいい。明日まで待てば次の日は休みなのだが、そこまで待てない気分だった。

莉大のバイト先はマンションとは反対の方角なので、普段は使わない改札から外へ出る。それだけで見慣れない風景が拡がり、和臣は子どものようにわくわくした。この辺りはいわゆる高級住宅街で、公園やら公共施設やらは充実しているが、物価が高いので買い物に足をのばしたことはない。延々と続くお屋敷に両側を挟まれた車道はゆったりと広く、すれ違う人の雰囲気も心なしか優雅だった。

莉大は図書館の近く、と言っていたが、土地勘のない和臣はたちまち道に迷う。仕方なく手入れの行き届いた大型犬を連れていた老人に尋ねてみると、「この辺りにコンビニなどない」という意外な返事が返ってきた。

「え……でも、図書館の近くだと……」

「図書館は確かに、そこの建物だけどねぇ。でも、この辺は遅くまでやっている店がないんで不便なんですよ。もしコンビニでもできたら、そりゃ助かるんだけどねぇ」

念のために食い下がってみたが、駅向こうなら繁華街があるから、と言われてしまった。それは和臣のマンションのある方角なので、尋ねるまでもなく熟知している。

わけがわからなくなった和臣は、その後も通りかかった数人に同じ質問をしてみたが、やはりコンビニなどないという返事だった。それに類する店も、ここでは皆無だという。

「一体、どうなっているんだ……？」

混乱する頭を整理しようと、懸命に考えを巡らせてみた。だが、結局は何も思いつかず、狐《きつね》につままれた気分で駅まで引き返すことにする。まるでペーパーバックの推理小説でも読まされているようだった。

コンビニが実在しないとしたら、莉大は毎晩どこへ出かけているのだろう。

あまつさえ、最近はずっと朝帰りだ。家賃を払うと言っている以上、どこかで金を稼いでいるには違いないが、それにしても嘘までつく必要があるとは穏やかじゃない。

『あんたのためなら、何でもするよ』

和臣の胸をじわじわと疑惑が覆い尽くそうとしたが、莉大の言葉を思い出すことでかろうじて振り払った。あの時の声や瞳に嘘はない、それだけは確信を持っている。

ただ、やっぱり和臣には容易に話せない深刻な事情があるのだ。見抜けなかった自分も浅はかだが、何か危ない真似でもしていたら、と思うと居ても立ってもいられない。

気がつくと、再び駅に戻っていた。これからどうしようか、と和臣は途方に暮れる。莉大の嘘がわかった以上おとなしく家で待ってもいられないし、かといってどこを探せば会えるのか見当もつかない。まさか、また二丁目に立っているんじゃないだろうな、と思ったが、それはないと即座に否定した。そんな想像は、幾ら何でも莉大への侮辱だ。

「でも、じゃあ一体どこで……」

——その時だった。

「莉大……？」

視界の端を、見慣れたダウンジャケットが通りすぎていく。和臣は慌てて視線で追い、見間違えようのない華奢な後ろ姿を確認した。

見れば、莉大は切符を買っている。

これから、どこへ出かけるつもりなのだろう。

「少なくとも、コンビニでないのは確かだよな」

自動改札を抜ける姿を見送りながら、和臣はすぐに決心した。一度しまった定期を取り出すと、急いで莉大の後を追いかける。あまり近づくとバレてしまうので、持っていた紙袋を両腕で抱え直し、極力顔が隠れるようにした。

後をつけるなんて姑息《こそく》だとは思うが、そんな綺麗事など言っていられない。他人を尾行している自分がまだ信じられない気持ちだったが、早鐘のような心臓を宥《なだ》めながら遅れて莉大と同じ車両に乗り込んだ。彼はまったく気がついていないらしく、考え事でもしているのか少し難しい顔つきで吊り革に捕まっていた。空いている席はちらほらあったのに、最初から目もくれない。そんな毅然とした様子が莉大らしい、と和臣はつい微笑ましくなってしまった。どんなシリアスな状況にあっても、莉大の魅力を発見すれば無条件に顔がほころんでしまう。そんな自分は、まさしく恋に目が眩《くら》んでいると言えるだろう。けれど、眩むだけの強い想いを他人に抱いたことのない和臣にとって、莉大によって呼び起こされる感覚は全てが新鮮で愛しかった。

和臣の会社とは逆方向だったが、やはり三駅ほど乗ったところで莉大が降りる。幸い乗り換えの多いポイントらしく、和臣は大勢の人込みにまぎれることができた。

（あいつ、どこまで行く気なんだ……）

私鉄に乗り換えた莉大は、気のせいか段々と憂鬱そうな顔になっている。目的地が近いせいではないかと、何となく和臣は思った。しかし、このまま乗っていてもとりたてて大きな街があるわけではない。何気なく車内吊りに目をやり、（あっ）と思い当たった。

車内吊りのポスターは、初詣《はつもうで》を促す神社のものだ。境内の写真の下に住所が印刷されており、ここが大田区内であることにようやく気がついた。

（莉大って、確か大田区出身って言っていたよな。それじゃ、家に向かっているのか？）

あまり詳しくは詮索しなかったが、彼が中学卒業まで祖母と二人暮らしをしていたところまでは聞いている。だが、その後でどういう経緯からアパートの一人暮らしを始めたのか、そこまでは知らなかった。莉大が話してくれたのは、高校の三年間はそのアパートから通ったということだけだ。

沿線の駅はどれも似たりよったりの小ささだが、品のいい山の手といった風情がある。莉大は二十分ほど乗った後で電車を降り、今度は改札を抜けて商店街を歩き始めた。

気づかれないように充分な距離を取って後を追っていた和臣は、駅の時計が間もなく九時になろうとしているのを知って驚いた。頭に描いた予定では、バイト中の莉大を呼び出して新品のコートを着せている頃だ。やれやれ……と息をついた時、不意に莉大が左の大きな路地へ消えた。和臣も早足で角まで行き、そっと様子を窺ってみる。突き当たりの大きな建物に、今しも入っていく後ろ姿が見えた。

「病院……？」

和臣の目に入ったのは、『夜間・救急受け付け口』と書かれた小さな案内だ。一部が禿《は》げた赤い文字は、鈍いライトに照らされてひっそりと闇の中に浮かんでいる。

「あいつ、どこか悪いんじゃないだろうな……」

そう思った途端、もう我慢ができなくなった。尾行がバレようが構わない、それより病院にどんな用事があったのか知る方が先決だ。和臣は勢い込んで夜間受け付けから中へ飛び込むと、フロアに漂う病院特有の薬品臭にますます胸をざわつかせた。

キョロキョロと周囲を見回した和臣は、正面エレベーターが上昇しているのに気づく。三階で止まったのを確認してから、いっきに階段を駆け上がった。途中ですれ違った看護師に「面会時間は終わっていますよ」と注意されたが、そんなのは聞いていられない。引き止める声を振り払って、残りの数十段をクリアした。

「莉大……どこだ……」

上がる息の下から、何度も莉大の名前を呟く。三階は入院病棟らしく、消灯寸前の廊下は淡い照明がポツンポツンとついているだけだった。遠くに聞こえる話し声を頼りに、和臣は意を決して歩き出す。ぐずぐずしていたら、遥《はる》か後方に置き去りにした看護師が追いかけてくるかもしれない。一つ目の角を曲がった和臣の目に、そこだけ煌々《こうこう》と廊下まで照明が漏れている部屋が映った。出入り口のドアには『ナースステーション』と書かれたプレートがある。そうして、廊下に面した窓の前で年配の看護師と立ち話をしている莉大を発見した。

「莉大……」

和臣の存在に気がつかないのか、莉大の視線は目の前の看護師に注がれている。その表情は、今まで見たこともないほど深刻なものだった。時々軽く頷き、やがて手にした封筒を看護師へ渡すと深々と頭を下げる。その様子は、見ていて痛ましくなるほどだった。

「莉大……」

「あっ！　あなた、こんなところで何をしているんですか！」

思わず一歩踏み出しかけた背中に、鋭い声が浴びせかけられる。声の主は、危惧《きぐ》した通り先刻階段で和臣を見咎《みとが》めた若い看護師だった。

「面会でしたら、ご遠慮ください。もう消灯時間なんですよ」

「……すみません。でも、あの」

「申し訳ありませんが、規則ですので。どうぞ、お引き取りください」

有無を言わさぬ口調は、まるきり取りつく島もない。その声は莉大の耳にも届き、彼は何事かと不審げに顔を上げてこちらを見た。

「え……」

まともに目が合ってしまい、莉大は信じられないとでも言いたげに瞳を見開く。だが、次の瞬間慌てて年配の看護師に一礼すると、強張った顔で駆け寄ってきた。

「か、和臣！　何してんだよ、こんなとこで！」

「あら、莉大くんの知り合いなの？　困るのよね、こういうの。莉大くんだって、事情を汲《く》んで特例で時間外に受け付けているんだから……」

「すみません。あの、えっと、大家さんなんです。今、住んでいるところの。ちゃんと説明して、もうこんなご迷惑はかけませんから。ほら、和臣も謝って！」

「あ……す、すみませんでした……」

「すみません！」

二人揃って頭を下げたせいか、ようやく看護師の怒りも和らいだようだ。彼女は苦笑交じりに溜め息をつくと、「お願いね」と念を押してナースステーションへ入っていった。

難を逃れた和臣は、ホーッと息をつきながら「白衣の天使っておっかないな」と甚だ呑気な感想を漏らす。けれど、傍らの莉大からきつい眼差しを返されて、たちまち居心地が悪くなった。

「それで？」

氷の如く冷ややかな声音が、容赦なく全身に突き刺さる。

「どうして和臣がここにいるのか、説明してもらえるかな？　病院の裏手に、児童公園があるから。話は、そこで聞かせてよ」

怒っているのか呆れているのか、莉大は妙に冷静だ。和臣は何から話したものかと思案したが、考えがまとまる前にすぐに公園へ着いてしまう。滑り台やブランコが申し訳程度にあるだけの、箱庭のような小さな公園だった。

「時々、病院の帰りにここへ寄るんだ。夜だと、あんまり人がこないから」

「危ないんじゃないのか。一人でいるなんて」

「ああ、そうだよな。後をつけてくる変質者だって、いるかもしれないし」

「うっ……」

痛いところを突かれて、何も言えなくなる。確かに、理由はどうあれ尾行したのは事実だし、あんな間抜けなバレ方をしたので立場はますます弱くなるばかりだ。

莉大は偉そうに両腕を組むと、しばらく無言で和臣を睨んでいた。沈黙に白い吐息が色をつけ、真冬の闇に散っていく。意外な事実の連続にすっかり寒さを忘れていたが、薄着の莉大はそうもいかないだろう。和臣はやっと紙袋の存在を思い出し、説明するよりも先にいきなり莉大の目の前へそれを差し出した。

「……何？」

「これを、渡そうと思ったんだ。でも、莉大はちょうどバイトの時間だったから……」

「…………」

「おまえが帰ってくるの、待ち切れなくて。それで、直接バイト先に行ってみた。そうしたら、図書館の近くにコンビニなんかないって言われて、俺すごく驚いて……」

「それで、後をつけたのかよ？」

話を聞いた莉大はやや怯《ひる》んだようだったが、強気で言い返してくる。だが、和臣もここで負けてはいられなかった。莉大がどうして嘘をついたのか、せめて理由だけでもちゃんと教えてほしかった。

「この間、莉大は言ったよな。知りたいことがあるなら、ちゃんと訊けって」

「……そうだよ」

紙袋を手にした莉大は、渋々と頷く。中身を確かめる勇気は、まだ出てこないらしい。

「後をつけたのは、戻ってきた駅で偶然に莉大を見かけたからだよ。どうして嘘なんかついたんだろうって、あの時の俺は困惑してた。尾行なんて嫌だったけど、莉大が本当はどこで何をしているのかどうしても知りたかったんだ」

「それは……」

「行き先が病院なのは、もっと驚きだったよ。もしかしたら、どこか悪いんじゃないかって、そう考えたらいてもたってもいられなくなった。とにかく、莉大が健康かどうか確かめなくちゃって思って……。先に、看護師さんに見つかったのは間抜けだったけど」

話しながら、和臣は少しずつ距離を縮めていく。嘘が完全にバレたのを知った莉大は、目に見えて動揺していた。紙袋を持つ手に力が入り、瞳は何度も瞬きをくり返す。彼の瞼が開く度に、ゆっくりと目の光が濡《ぬ》れていくのがわかった。

「もしも、どうしても俺には何も話せないって……そう莉大が思っているなら、無理にはもう尋ねない。だけど、せめて言ってくれないか。〝俺を信じてくれ〟って。一言、そう言ってくれたら、もう知りたがるのは止《や》めるから」

「和臣……」

「信じたいんだ、莉大のこと。だけど、嘘をつかれていたって事実が、俺をすぐに不安にさせてしまう。こんな情けない同居人で申し訳ないけど、でも……おまえが信じろと言うなら、俺は全部を信じるよ」

そうなんだ、と和臣は心の中で反芻した。

自分が一番求めているのは、白日の下に真実を晒すことじゃない。何があっても莉大を疑わないでいられる、揺るぎない絆《きずな》だったのだ。それさえあれば、たとえ百の嘘をつかれていても、全てを包み込んで笑える。和臣は、莉大にとってそういう人間になりたかった。

「言ってくれ、莉大。俺を信じてくれって、そう一言だけ」

「…………」

「――莉大」

「これ……何？」

震える声で、莉大が尋ねてくる。強情な唇は、なかなか核心には触れたがらないようだ。「コートだよ」と和臣は答え、できるだけ優しく「開けてみて」と促した。

莉大は弾《はじ》かれたように地面へしゃがみ込み、リボンを解《ほど》く手ももどかしく乱暴に包み紙を破いていく。中から薄紙に包まれた深緑色のコートが姿を現し、それは公園のボンヤリとした照明の下でも綺麗な陰影を目に映した。

「ほんとだ……コートだ……」

「うん。見つけた瞬間、莉大によく似合うと思ったんだ。そしたら、どうしてもプレゼントしたくなって……。もしかしたら、受け取らないかもって心配したんだけど……」

「受け取らない？　何で？」

「俺が莉大のためにお金使うの、いつも嫌がるから」

「あ、当たり前だろっ」

胸にコートを抱いたまま、拗《す》ねたように莉大が唇を尖らせる。本当は嬉しいのに、一生懸命「怒らなくちゃ」と自分へ言い聞かせている顔だ。

和臣は、そっと苦笑を浮かべて言った。

「言っただろう、何でもしてやるって。お金や物でできることなんてたかが知れているし、俺も大富豪ってわけじゃないけど。でも、莉大のダウンジャケット少し薄手だろ？　さすがに、明け方の冷え込んだ時間は辛いんじゃないかって思っていたんだ。それに、ちょうど似合いそうな色だったし」

「俺は……」

しばし言い澱《よど》んだ後、今度ははっきりと莉大が答える。

「俺は、和臣がいればそれだけで暖かいよ。どんなに外が寒くても、家に戻れば和臣がいるんだって、そう思うだけでほかほかするんだ。ずっと一人で生きてきたから、誰かが側にいるのが嬉しいのかなって……最初はそんな風に思ってた。でも、違う。違うんだよ」

そう言うなり、彼が胸へ飛び込んできた。驚いた和臣は、それでも受け止め損ねることなく、きちんと細い身体を抱き止める。莉大は腕の中に顔を埋《うず》めると、手の中のプレゼントをギュッと抱きしめる。触れた肩の感触から、小刻みに震えているのが伝わってきた。

「莉大……？」

「俺、あんたが好きなんだ」

声をかけようとした矛先を制し、莉大は柔らかなカシミアを通してはっきりと言った。

「だから、和臣でないとダメなんだ。暖かくないいんだ」

「え……」

それは、思いもかけない告白だった。

都合のいい空耳では、と和臣は本気で疑い、次いで莉大の言葉を甘く嚙《か》みしめてみる。だが、それでも現実感は皆無だった。

和臣が戸惑っているのが、莉大にもわかったのだろう。おずおずと顔を上げた彼は怒っているような顔で、更に驚かせることを言った。

「和臣が、俺に興味がないのは知ってるよ。だから、恋人にしてくれなんて言っているわけじゃないんだ。でも、それならこれ以上俺に優しくなんかしないでくれよ。でないと……」

「ちょ、ちょっと待って。俺が、莉大に興味がないって？　それ、どういうこと？」

「だって、あんたゲイなんだろ？　なのに、俺には絶対手を出そうとしなかったじゃないか。普通、同じ屋根の下にいればちょっとはその気になってもよさそうなもんなのに、全然そんな感じじゃなかったし。よっぽど、俺が好みから外れていたとしか……」

「ばっちり好みだよ！　いや、むしろ理想！」

「へ……」

気負い込んで宣言したため、やたらとムードの欠ける一言になってしまった。けれど、体裁など構っている場合ではない。和臣は唖然とする莉大をかき抱くと、何がなんだかわからない頭で、懸命に言葉を探した。

「だからさ、手を出さないのは最初の約束だったからで……。いや、厳密に言えばこの間の晩、キスしただろ。あれは、勘定に入ってないのかよ」

「……半信半疑だった。だって、それからも和臣の態度はちっとも変わらなかったし……」

「それは、こっちのセリフだよ。それに、本心を言えば俺は自分がゲイなのかまだよくわからないんだ。今まで、訂正するタイミングを失ってたけど」

「えっ？　じゃあ、尚更《なおさら》俺は対象外じゃん」

露骨にガッカリした声を出し、莉大の全身から力が抜けていく。和臣は慌てて「いや、そういう意味じゃなくて」と付け加えた。

「その……同性の莉大を好きになったんだから、そうなのかなとは思うんだ。ただ、他の男には全然ときめかないし、むしろ今までは女の子の方によく目がいっていたし。だから、莉大だけ特別なのかなって……」

「それ、俺が好きってこと？」

「そう」

すかさず切り込まれ、躊躇する間もなく頷く。

それから、今度は確信を持って想いを込めながら言い直した。

「俺は、莉大が好きだよ。だから、おまえを恋人にしたい。……いいかな?」

「か、和臣はいいの? 俺、いろいろ嘘ついてたのに……」

「それとこれとは別だろ。そりゃあ心配はするけど、俺の想いは揺らがないよ。ただ、こうしてバレた以上、ずっと真実がわからないのは正直言って辛いけどな」

「和臣……」

「好きだよ、莉大」

ようやく、頭が正常に動くようになってきた。

同時に遠のいていた現実感が蘇り、和臣はじんわりと幸せに浸り始める。莉大が、恋人として腕の中にいる。その事実が、まるで奇跡のように思えた。そっと頭を傾けて、唇を彼に近づけてみる。三度目のキスは、恋人のキスだ。こっそりと胸で呟くと、嬉しさが何倍にもなって身体中を駆け巡った。

莉大が遠慮がちに顔を上げ、少し距離を詰めてくる。唇が重なり、やがて深く交わった。白く染まった息の向こうで、莉大がうっとりと瞳を閉じている。和臣はその唇を吸い、夢中で彼の吐息を味わった。柔らかな舌を絡め、何度もくり返し口づけながら、大好きだよと心で語りかける。自分の求める仕種に莉大が応え、許しているのが嬉しかった。もっと欲しいとせがまれて、次のキスへと移る瞬間が愛しかった。

「莉大……莉大、大好きだよ……」

やっと、口に出すことができた想い。

しかも、それは莉大が望んでくれた言葉だ。

こんな幸せは、ちょっとないんじゃないだろうか。そんな感動に包まれて、和臣は夢中で何度も口づけた。

和臣に抱きしめられたまま、莉大は切なく吐息をつく。キスをする前と今とでは、まるきり別人のようだった。あどけない無邪気さは消え、潤んだ瞳は深みと艶《つや》を増している。頬がほんのりと赤く染まっている様も、こちらの理性を蕩《とろ》かすほど色っぽかった。

「俺、和臣が好きだよ……」

もう一度、莉大が唇を動かした。

「本当は、新宿で声をかけられた時からいいなって思っていたんだ。俺、ばあちゃん以外に本気で心配されたって覚えがあんまりなくてさ。だから、ウザいって思う反面こそばゆかった。もっと、和臣に心配してほしかった。俺……俺さぁ……」

「うん？」

「本当は、男と寝るなんて嫌だったんだ。だって、女みたいに抱かれるんだろ？　だけど、初めてだよ。心で望んでいた通りの出来事が実際に起きたなんて。俺、誰かがやめろって言ってくれるの、多分どっかで待っていたんだ」

「…………」

「甘いって思うだろ？　これから身を売ろうっていうのに、そんなことを考える自分に笑っちゃったよ。それなのに……和臣が来た」

貰ったコートを大事そうに抱き、莉大は泣き笑いの顔になる。瞳に溜まった滴を、なんとか零さずにいようと努力する様子が可愛かった。

「和臣が来たんだ。俺の手を摑んで、引っ張っていった。やめろって言ってくれた。嘘だろうって思ったよ。どうせ、いい人に見せかけて俺をナンパしてるんだ。そう自分に言い聞かせた。だけど、違っていた。和臣が本気で心配していたんだって……単なる通りすがりで、俺みたいに男とホテル行こうとしてる奴なんて周りにも山ほどいたのに……なのに、和臣は迷いもしないで俺の手を取った。そう思った時、俺がどんなに嬉しかったかわかる？」

「……わかるよ」

即答して、和臣は指先で莉大の瞳を優しく拭った。それが弾みとなって、新たな滴がポロポロと真っ黒な瞳から零れ落ちる。

こんなに可愛いのに、と和臣は思う。

莉大は最強と言っていいくらい可愛いのに、自分と出会うまで誰のものにもならないでい

てくれた。それは、何ていう幸運だろう。これはもう、『運命』と呼んでもいい筈だ。

拭っても拭っても溢《あふ》れる涙の中で、莉大は最後にこう言った。

「今なら、もっとよくわかるよ。あの時、声をかけてくれたのが和臣でなかったら、きっと恋にはならなかった。和臣が全然手を出してこないって思った時、ホッとするより淋しかったんだ。俺、最初に押しかけた夜、それなりに覚悟していたんだよ。だけど、何もなかっただろ。本当、あんたってつくづく俺の予想を裏切る人だよね」

それなら、両想いになった時くらい期待に応えなきゃな。

和臣はそんな思いを込めて微笑むと、再び唇を近づけた。

「莉大……大好きだよ……」

甘い告白がしっとりと莉大の唇を濡らし、次いで軽く重ね合わされる。

ついばむような柔らかなキスは、言葉の代わりに何度でも莉大へ想いを告げてくれた。潤んだ吐息から情熱が生まれ、二人はきつく抱き合いながら、深く浅く互いの唇を味わい尽くす。莉大の漏らす溜め息すら、和臣は残さず食べてしまいたかった。

両想いのキスは、涙の味がしたな。

最後にそう冷やかすと、莉大は「そんなの最初で最後だろ」と負け惜しみを言った。

◆◆◆　4　◆◆◆

どうして、いっきにベッドまでいかなかったんだろう。

目を覚ました和臣は、真っ先にそんな不埒なことを考えていた。恐らく、あと少し強引に迫れば、今頃は隣で莉大がスヤスヤ寝息をたてていた筈なのだ。

（でも……なぁ……）

勢いにのって、あのまま抱きたかったのは山々だ。けれど、和臣は直感で莉大がまだそれを望んでいないことに気づいてしまった。マンションに帰るまでは普通だったのに、リビングで二人きりになった途端、雰囲気が盛り上がるのを避けたがっている感じを受けたのだ。

だから、踏み出せなかった。

めでたく両想いになったとはいえ、莉大にはまだ秘密がある。何もかも曝《さら》け出すことができない以上、彼の中でその点が枷《かせ》になっているのかもしれない。

『あの病院には、俺のばあちゃんが入院しているんだよ』

それでも、病気ではないかと心配する和臣のため、莉大は話せる範囲での事情を打ち明けてくれた。莉大が高校の頃に倒れ、それ以来ずっと入院しているのだという。だから、和臣と同居を始めてからも、時間を作っては見舞いに訪れているらしい。

『癌《がん》なんだ。あちこち転移していて、何度か手術したけどもうかなり危ないって。入院生活が長いから、段々と俺の顔もわかんなくなってきちゃって。今日、看護師さんが言っていたけど、いつ危篤状態になってもおかしくないってさ』

『そんな……』

『いいんだ。もう、覚悟はしてるから。ばあちゃん、長いこと苦しそうだったんだよ。充分頑張ったんだから、そろそろ楽にさせてやりたいって……最近、そう思うようになってきた。今日は、見舞いがてら入院費を渡しにいったんだ。ちょっと事情があって、昼間は病院には行けないから。看護師さんも、大目にみてくれてる。助かるよ』

見舞いにいっても寝顔を見るのがせいぜいだけどね、と莉大は淋しく笑った。

『じゃあ、学費っていうのは……』

『服の勉強したいのは本当だけど、今はとても無理だな。俺は十五で独立せざるを得なかったけど、親の残した保険金とか僅かな遺産で何とか食い繋いでたんだ。でも、それもばあちゃんの入院費とか手術費とかでなくなっちゃったから……それで』

『莉大……』

『アパート追い出されたって、俺だけのことなら野宿でも何でもいいんだよ。だけど、ばあちゃんには最後までちゃんとした治療を受けさせたい。親戚をたらい回しにされてた俺を、まともに家族として扱ってくれた唯一人の人なんだ』

それで、身体を売るしかない、と思い詰めたわけか。

マンションまで帰る道中、二人は人気のない道を選んでずっと手を繋いでいた。

莉大は早速プレゼントされたコートを着込み、まるで世間話でもするかのように屈託のない口調で話を続ける。けれど、本当に無邪気に語れる事柄なら、とっくに和臣へ打ち明けていただろう。どうして今まで内緒にしていたんだ、と尋ねたら『和臣は、おかしな奴だから』と彼は答えた。

『事情を知ったら、お節介なこと言い出しそうだからさ。それは、困ると思って』

『それは……そうかもしれないけど……』

でも、やっぱり話してほしかった。身近な大人として相談してほしかった。そんな思いで黙り込むと、莉大が繋いだ手を突然大きく振り回し始めた。和臣の面食らう姿を面白そうに横目で見ながら、彼は元気良く言った。

『手紙を書いていた相手も、ばあちゃんだよ。俺が行く時は大抵寝てるから、看護師さんに預けて読んでもらっているんだ。俺だってわかんなくても、ちょっとでも元気出るかもって思って。それに、和臣のところに居候しているお陰で、家賃の心配が減ったじゃん。こうして入院費も引き続き払っていけるし、マジで感謝してるんだ』

だけど、と彼はきっぱり付け加える。

『悪いけど、何のバイトしているのかは、もう少し内緒にさせてほしい。近いうちに、絶対話すから。悪いけど、もうちょっとだけ待っていて』

『……わかった』

『俺を信じてよ。ね？　和臣を心配させるような真似は、絶対にしてないから』

『――ああ。莉大を信じるよ』

どんなことがあっても、莉大を信じていこう。

求めていたセリフをやっと耳にできて、和臣も決意を新たにする。

彼が口にした言葉は、全て無条件で受け止めよう。

「だけど、いつまで待てばいいのかな……」

回想を終えた和臣は、最終的な問題はそこなんだと溜め息をつく。

全ての秘密が消えた時、莉大は和臣を心身共に受け入れてくれるに違いない。ただ、和臣は健康な成人男子だし、想いが通じ合った今、莉大と同じ家に寝起きしていながら手を出せない状況は正直言って辛かった。しばらくなら我慢もできるが、長期となるとやはり自信も揺らいでくる。

「だけど、とりあえず今は我慢、我慢っと」

一人で悶々《もんもん》としていても仕方がない。一度に全てが上手くいくわけがないし、焦らなくても莉大はずっと自分の隣にいると約束してくれた。それだけでも、今は充分に幸せだ。

「莉大、寝てるかな？」

そろそろ、こちらは出社の支度をする時間だ。莉大は久しぶりに深夜のシフトではないと言っていたので、まだ眠っているのなら起こさずに出ていってあげよう。

「やっぱり、今日にでもベッドくらいは用意してやらなくちゃなぁ」

いつまでもソファで寝起きしていては、疲れも取れないに違いない。いきなり広い部屋に引っ越すと言えばまた遠慮するだろうし、それならせめてソファベッドに切り替えるくらいはしてやりたかった。

「莉大……」

寝室から出た和臣は、念のためそっと声をかけてみる。

ところが。

予想に反して、莉大の姿は部屋中どこにも見当たらなかった。


和臣がチーフとなっているプロジェクトには、百五十億の予算が設定されている。開発費として従来より高めの数字を出してもらえたのは、それだけ社の期待がかかっているからに他ならない。実際、毎年消費者の美白への関心は高まっているし、売上げにもっとも繋がりやすいラインでもあるからだ。だからこそ、失敗は許されない。ここで何かヘマをしたら、冗談でなくクビか左遷ものだ。

「……と、スタッフに説教していた割には、ずいぶんボーッとしてますねぇ」

丸めた紙でポンと猫背を叩かれ、和臣はハッと我に返る。慌てて振り返ると、藤野が眉間《みけん》に皺《しわ》を寄せた顔で偉そうに立っていた。

「物思いに耽っているところ恐縮ですが、擬似効果の有効性に関するモニター結果が出たそうです。担当者が、何度も連絡してるのに榊さんが全然顔を見せないって困ってましたよ。どうしたんですか、朝からずっと変ですよ」

「あ、そうだった。ごめん、急いで行ってくるよ」

「もう私が話を聞いてきました。これ、プリントアウトした結果レポートです」

グイと紙の束を押しつけられ、和臣は戸惑い気味に「ありがとう……」と礼を言う。

「藤野がしっかりしていて、すごく助かるよ。今度、お礼に奢《おご》るから」

「いいですよ。恋人に悪いもん。私、略奪愛は性格的にダメな人だし」

「そんな大袈裟《おおげさ》な……」

「いいえ、実はちらっと思いましたよ。相手が女じゃないなら、勝ち目あるかもって」

「え……」

ドキリとするセリフを吐かれ、瞬時に和臣は凍りついた。咄嗟《とっさ》に言葉すら出てこなくなって、口が無意味に開いたり閉じたりする。

「あらら。驚かしちゃいましたか」

それを見た藤野は堪《こら》え切れなくなったのか、両手で口を押さえて笑い出した。他のスタッフたちは何事かと二人を見たが、すぐに自分たちの仕事へ戻っていく。彼らの仲の良さは皆が知るところだったので、特に珍しくもなかったのだろう。

だが、もちろん和臣は冷静ではいられない。藤野の発言は莉大を指したものだろうし、ごまかすべきか開き直るべきか、混乱する頭ではすぐに判断ができなかった。

「大丈夫ですよ。誰にも言ったりしませんから」

油断するとまた吹き出しそうな様子で、藤野はにんまりと答えた。

「榊さんって、おかしな人ですよね。昨日は、私の前であんなに堂々と宣言したくせに。まさか、あれでバレてないって本気で思っていたんですか？　嬉々として浮かれて、メンズのコートを〝恋人に〟って買っておいて？」

「あ、いや、だって……」

「そりゃ、大柄な彼女かもしれないですけどね。でも、私は榊さんの好みは知っています。少なくとも、メンズコートが似合う体格の女じゃ食指が動かないでしょう。でも、男なら別ですよね。それも、あのピーコートが似合うってことは、かなりの可愛い系」

「………」

「本当は、すっごいショックだったんですよ」

そこだけ、語尾がしんみりと響く。しかし、それも無理はないと和臣は反省した。

同僚には、「自分はゲイです」とカミングアウトしている男性スタッフもいる。だが、華やかな雰囲気の彼とは違って和臣はまるきり普通の男だ。おまけに、つい最近まで女性と付き合っていたのも知られている。どう答えたものかと思案していたら、藤野は意外にさばさばした表情で苦笑いを浮かべた。

「私、昨日一晩考えて、まぁゲイでもいいかと思いました。どのみち、榊さんは私の恋人ではないわけだし。一瞬だけ悪魔が囁いたのは事実ですが、恋敵が男なのに敗北したらもう立ち直れないので棄権します。それに、このこと……私しか知らないんですよね？」

「……ああ」

「だったら、役得じゃないですか。私は榊さんの秘密を握っていて、今のところ恋の相談に乗れるのも私だけです。……なんて、ちょっと屈折しているかなぁ」

おどけた口調で言い、悪戯っぽく舌を出す。つられて微笑を浮かべた和臣は、ほんの少し胸の負担が軽くなるのを感じていた。莉大が帰らなかったことが気にかかってどうしても仕事に集中できなかったのだが、藤野のお陰で目が覚めた気がする。

莉大はもちろん大事だが、自分がこれまで大切にしてきたものを疎《おろそ》かにするのは愚かな行為だ。そんな弱い男では、この先彼を守って生きていく力なんかある筈もない。藤野の言葉は、しっかりと和臣を現実へ引き戻してくれた。

「ねぇ、榊さん」

目に生気が戻った和臣の耳許へ、藤野が唇を寄せてくる。

「いつか、彼氏を紹介してくださいね。約束ですよ」

「ああ、もちろん。でも、あいつ美形だからな。絶対、惚《ほ》れるなよ？」

「お生憎さま。可愛い男は趣味じゃありません」

にべもなく言い返す彼女と顔を見合わせ、和臣はもう一度笑った。


帰宅した和臣は、莉大から携帯に留守電が入っていたことに気がついた。着信時間はちょうど会議の真っ最中で、電源を切ったまま忘れていたのだ。慌てて再生すると、「急用ができて今晩は帰れません。また連絡するので、心配しないでください」と他人行儀な言葉が録音されている。その声は、意識して感情を抑えているようにも感じられた。

「急用って何なんだよ……」

詳細が一切語られていなかったので、とても落ち着いて待ってなどいられない気分だ。だが、和臣は莉大の言葉を尊重しておとなしく待つことに決めた。少なくとも、「心配するな」という言葉がある以上、自分は莉大を信じるしかない。バイトの関係か、それとも別の事情があるのか、いずれにせよ彼が帰ってくればわかることだ。

「そうだよ。莉大は、絶対に帰ってくる」

ふと、以前ほど焦燥感《しょうそうかん》に駆られなくなっている自分に気がついた。もしかしたら、自分が思っているよりもずっと、莉大との距離は近づいているのかもしれない。何だかすぐ隣に莉大がいるような気持ちになって、和臣は少し嬉しかった。

翌日は土曜日だったので、仕事は休みだ。けれど、一人で目覚める朝は味気なくてなかなかベッドから出る気になれなかった――のだが。

「莉大！」

「おはよう、和臣」

リビングの物音に気づいて飛び起きた和臣は、パジャマのままで部屋を飛び出す。そうして、莉大が振り向くのも待たずに思い切り彼を抱きしめた。

「莉大、おまえなぁ……どこ行ってたんだよ」

「ごめん、心配かけて。でも、早く和臣に会いたくて、これでも急いで帰ってきたんだよ」

腕の中の莉大は、気のせいか少し覇気がない。どうした、と尋ねようとしたら、今度は自分からきつく和臣にしがみついてきた。

「莉大……？」

「……ばあちゃんが、死んだんだ」

「え……」

「和臣は起きなかったけど、夜中に病院から電話があったんだ。でも、全然苦しまなかったって。すごく綺麗な顔してたから、きっと天国にいけた筈だよ。それで……」

咄嗟に慰める言葉もなくて、思わず抱きしめた腕に力を込める。その途端、まるで箍《たが》が外れたように、莉大の声も身体も小さく震え始めた。

「いろいろ……遺品の整理とかしてて。その間、和臣にすごく会いたかったよ。ばあちゃんにも、会ってもらえば良かった。もっと早く話してればって……後悔したんだ、本当に……」

「そうか……」

「早く、和臣のところへ帰ろうって思った。俺、もう一人じゃないんだよね？　ばあちゃんに、安心していいよって、そう言ってもいいんだろ？　いいんだよな？」

後から後から零れる潤んだ言葉に、莉大自身が溺《おぼ》れてしまいそうだ。けれど、和臣がしっかり抱いているので、決してそんなことにはさせなかった。

一番辛い時に側にいてやれなかった歯がゆさを、せめて自分の体温で補いたい。和臣は己の持っている熱を、全部莉大にあげたいと思った。

そっと彼を抱えるようにして、ソファに並んで腰を下ろす。おとなしく和臣に身体を預ける姿は、見るからに痛々しげで壊れてしまいそうだった。

「和臣がいて、すごく嬉しい……」

やがて、莉大は独り言めいた響きでそう言った。

「俺、絶対早く帰るんだって思った。ばあちゃんは、ずっと俺のことを心配していたから。一刻も早く和臣のところに戻って、幸せになるんだって思ったんだ。ちょっと面倒なことがあって、なかなか出てこられなかったけど……隙を見て飛び出してきた」

「飛び出した？　どこを？」

思わず、そう問い返す。祖母が亡くなった以上、莉大は天涯孤独なのかと思ったからだ。けれど、莉大は一つ重たい溜め息をつくと、意外なセリフを口にした。

「伯父《おじ》さん夫婦のとこ。俺の母親の、兄にあたる人」

「え……それじゃあ……」

驚いた和臣が、更に詰め寄ろうとした時。

玄関のインターフォンが、不意にけたたましく鳴り出した。莉大はびくっと口を閉じ、たちまち表情を強張らせる。彼は恐怖から逃れるように目をぎゅっと閉じ、必死で何かを堪えているように見えた。

「莉大？　どうした？」

明らかに異変を感じ取り、和臣も心なしか狼狽える。その間もずっとベルは鳴り続け、誰だか知らないがずいぶんとせっかちな客だと不愉快になった。

「くそ、誰だよ。こんな時に」

無視しても諦めそうになかったので、仕方なく和臣は腰を上げる。だが、そのまま玄関へ向かおうとした背中に「出なくていいから！」と悲痛な声がかかった。

「え？　出なくていいって、何で……」

「いいから、無視してくれよ！　その内、諦めて帰るから！」

「そんなわけにはいかないよ。第一、このままじゃ近所迷惑だろ」

莉大の頑《かたく》なな態度に、ますます戸惑いは大きくなる。焦《じ》れた来訪者はベルを鳴らしながらドアをどんどん叩き出すし、莉大はそれ以上は何も語ろうとしない。不穏な空気が部屋中に立ちこめ、とうとう問わないわけにはいかなくなった。

「莉大……おまえ、誰が来ているのか知ってるな……？」

返事はない。

だが、構わずに和臣は言葉を重ねた。

「話してくれ。今、訪ねて来ているのは誰なんだ？」

「…………」

「莉大！　莉大、開けろっ！　居留守使ったって、いるのは知ってるんだぞ！」

ドアを拳《こぶし》で叩きながら、荒々しい怒声が外から飛んでくる。それは、若い男の声だった。

乱暴に「莉大」と呼び捨てにし、ぞんざいな口調で出ろと命令している。たまらなくなった和臣が再び足を動かした瞬間、莉大が絶望的な声で呟いた。

「……騒いでるのは、俺の従兄弟《いとこ》だよ、四歳年上の。景一《けいいち》って言うんだ」

「従兄弟？　莉大の？」

おうむ返しの言葉にこっくりと頷き、莉大はすっかり怯えている。勝ち気な彼をここまで脅えさせるなんて、景一という青年は一体どんな奴なのだろう。

「莉大！　莉大！」

耳障りな声が響き渡り、いよいよ和臣は覚悟を決めた。

何にせよ、このまま放置したところで帰ってくれるとも思えない。それに、本当に彼が莉大の身内なら、きちんと話をするまたとないチャンスでもあった。莉大はまだ未成年だし、本格的に一緒に暮らすとなると手続きしなければならないこともたくさんある。

「和臣……」

ソファから力なくぺたんと床にずり落ち、莉大は頼りなくこちらを見上げた。すがるような瞳は、不安と恐怖に彩られて気の毒なほど揺れている。和臣は一度莉大の元へ戻ると、微笑みながら頭にそっと右手を置いた。

「大丈夫だよ。莉大は、何も心配しなくていい」

「でも……景一が……」

「莉大、言っただろう？　心で望んだ通りの出来事が起きたって。今度もそうだよ。ちゃんと、莉大の望む通りになる。俺がそうさせるから。だから、安心していればいい」

「…………」

自分でも不思議なくらい、頭は冷静だった。莉大を守りたいと思うだけで、こんなにも力が湧いてくる。相手がどんな男かは知らないが、和臣は一歩も譲るつもりはなかった。

（そうだ。俺は、莉大を幸せにするんだ）

誰かを本気で好きになっただけで、強くなれる自分がいる。

だから、今は誰にも負ける気がしなかった。穏やかで優しくて、他人を激しく愛したことなんて一度もない。振られる時の決まり文句は「いい人ね」だし、初恋の抄のことだって遠くから見ているだけで満足していた。そんな自分が、遠い過去へ消えていく。和臣は、はっきりと自身の変化を感じていた。

「……どちらさまですか」

「うるせぇっ、莉大を出せ！　あいつ、ここにいるんだろ？　早く出せよ！」

意を決してドアを開けるなり、背の高い青年が乱暴に詰め寄ってくる。顔立ちはさほど悪くないが、荒《すさ》んだ雰囲気と目付きの悪さが台無しにしてしまっていた。強引、傲慢《ごうまん》という類の言葉なら、彼を形容するためにいくらでも浮かんできそうな風貌だ。

「莉大に御用なら、俺が代わりに聞きます。何なんですか？」

「おい、ずいぶん偉そうじゃないか。あんた、誰だよ」

「俺は、莉大の同居人です。この部屋で彼と住んでいます」

「同居人？　ふぅん、あんたが……」

好奇心も露《あら》わに目を細め、景一は値踏みするように和臣をねめつける。やがて口許を下品に歪《ゆが》めると、「あんた、あいつにたぶらかされてんの？」と不躾に訊いてきた。真っ先にそんな発想をすること自体、莉大への悪行を露呈しているのも同然だ。和臣は不快に眉をひそめたが、あまりにバカバカしくて答える気にもならなかった。

「とにかく、莉大に会わせろよ。他人のあんたじゃ、話になんないから。これから、身内だけの大事な相談があるんだからさ」

「残念ですが、莉大は会いたくないそうです。無理強いするなら、警察を呼びますよ」

「へぇ。あんた、面白いこと言うなぁ。いいぜ、呼んでみろよ。莉大は未成年なんだ。こっちが誘拐罪で告訴すれば、警察に捕まるのはあんたなんだぜ？」

「誘拐罪？　そんなのムチャクチャだ。俺はただ……」

「――それなら、俺がおまえを訴えようか、景一」

突然割り込んできた声が、剣呑《けんのん》な空気を瞬時に切り裂いた。

睨み合っていた和臣と景一は、同時に声の主へ視線を向ける。凍りつくほど冷ややかな声音は、莉大が発したものだった。先刻まで怯えていたのが嘘のように、彼は毅然とこちらへ向かってくる。背筋を伸ばし、心持ち顎を上げ、景一を見下すように口を開いた。

「おまえら一家がばあちゃんの貯金だの年金だのを着服してるの、俺はちゃんと知ってるんだ。俺とばあちゃんが住んでた家や土地の権利書も、とっくに名義を書き換えてあるんだろ。これ、横領罪って言うんだよな。いくら身内でも、生前分与もされてないくせに……」

「はぁ？　出し抜けに何ぬかしてんだ、てめぇは」

「………」

「けっ。ババアが死んだら、いきなり強気になりやがって」

思いもよらない反撃を受け、景一は口汚く吐き捨てる。

「あのなぁ、莉大。おまえが突然いなくなるから、親父たちも困ってたんだぜ。でも、ここへ逃げ込んでくれたのは好都合だったよ。なぁ、榊和臣サン？」

「景一、おまえ……何を考えてる……」

莉大の顔に緊張の色が走るのを見て、景一は下卑た笑い声をあげた。ねっとりと絡みつく視線が交互に向けられ、和臣は怒りと嫌悪で吐き気がこみ上げる。

「莉大ぉ」

わざと和臣に視線を留めたまま、景一はだらしなく言った。

「おまえ、相続放棄しろ」

「え……」

「すっかりボケてると思って安心してたらさぁ、ババアめ、公正証書の遺言状書いてたんだよ。で、家はともかく、土地の権利はおまえに譲るようになってるんだわ」

「ばあ……ちゃんが……」

「俺やオヤジたちも前からずいぶん探してたんだけど、不動産の登記済証だけは見つからなかったんだよな。だから、オヤジが俺に訊いてこいって言ったんだ。ひょっとして、おまえが持ってるんじゃないかって。それに、莉大一人じゃ、どっちにしろ相続税なんか払えやしないだろ。だったらさぁ……」

「……断ったら？」

その言葉で、ようやく景一が莉大に視線を移す。

彼は爬虫類《はちゅうるい》を思わせる仕種で、ゆっくりと顔を近づけてきた。

「榊サンにゃ気の毒だけど、おまえは新しいパトロンを探すことになる」

「………」

「俺たちを舐《な》めんなよ。未成年誘拐、監禁、淫行《いんこう》……罪状は何でもいいさ。とにかく、こちらのお兄サンを訴えてやる。仮に不起訴になったところで、社会復帰は難しいだろ。こっちは、名前から職場から全部調査済みなんだ」

「景一……っ……おまえ……！」

「それが嫌なら、ババアの土地は諦めて、さっさと相続放棄……」

最後まで言い終わらない内に、景一の身体が廊下まで吹っ飛んだ。悔しさに唇を震わせていた莉大は、何が起きたのかわからず呆然とする。強《したた》かに全身を床に打ち付けた景一は、すかさず襟首《えりくび》を摑み上げられ、あまりの苦しさに弱々しくもがいた。

「いい加減に黙れよ、耳障りだから」

絞め殺しかねない迫力で、和臣が恐ろしい声を出す。怒りに燃える眼差しは、そのまま相手を射殺しそうだった。景一は恐怖に引きつり、みるみる顔が青くなる。だが、和臣は摑んだ手を緩めず、低く押し殺した声音で続けた。

「こっちにも言い分はあるが、どうせ理解する脳味噌なんかないんだろう？　時間の無駄だから、一言で終わりにする。——今すぐ帰れ」

「な……何なんだよ……あんたに、何の権利が……」

「笑わせるな。虫けらに、権利だなんて言われたくないね。いいか、もし莉大と俺の前にまた現れたら……おまえを冗談でなく殺す。わかったか？　忘れないように、ちゃんとメモしておくんだな。虫けらに字が書ければ、の話だが」

「な……っ」

手ひどい侮辱を受けて、今度は顔が真っ赤になる。だが、和臣の手を振り払おうにもまったく力が入らないらしく、景一は指先をぴくぴくと哀《あわ》れに痙攣《けいれん》させるだけだった。

「和臣！」

慌てたのは莉大だ。景一が苦しそうに顔を歪ませても、和臣は一向に解放しそうにない。

呼吸困難から舌を突き出した醜い形相を、憎悪の限りに睨みつけている。

「か、和臣。もういいよ、離してやれよ。死んじゃったらどうすんだよっ」

「別に構わないさ。忘れたのか、莉大？」

「え？」

「……何でもしてやるって、言っただろう？」

狼狽して止めに入った莉大へ、和臣は表情一つ変えずに平然と答えた。だが、そのせいで景一は本気で殺されると思ったようだ。この男は正気じゃない、そう確信した彼は脂汗を浮かべながら「わかった！　わかったよ！」と喚《わめ》き出した。

「や、約束する、莉大には二度と……」

「やっぱりダメだ」

「え……」

「信用できない。おまえのような奴は、その場しのぎでいくらでも嘘をつく」

「うっ、嘘じゃねぇよっ！　本当に……！」

どれだけもがいても自由になれず、景一は悲壮な顔つきになる。けれど、和臣は少しも同情しなかった。莉大を傷つけ、あれだけ脅えさせただけでも重罪なのに、この上全てをむしり取ろうとした男をどうして許せるだろう。

「助……け……！　莉大、助……けろ……よっ！　こ……いつ、おか……し……」

「景一……」

見苦しく助けを求める従兄弟を、莉大が真っ黒な目で見返した。ずっと彼の存在に苦しめられてきたのに、今はそいつを助けてやらなければならない。その理屈がどうしても理解できないのか、ついには複雑に物を考えるのを放棄した。

「登記済証は、確かに俺が持ってる」

「え……」

「そんなに欲しいなら、あんたたち家族に渡してもいい」

「ほ、本当か？」

「ただし、交換条件だ。和臣が俺の身元引受人になるのを認める証書と、今後一切俺の生活に関わらないという親書を捺印《なついん》付きで郵送してこい。おまえの顔は二度と見たくないから、間違っても持参したりするなよ。書類を確認してから、こっちも登記済証を送ってやる。ついでに、相続放棄の手続きも取ってやるよ」

整然とした要求には、見事に一言の乱れもない。和臣は思わず感嘆の眼差しを向けたが、その一瞬の隙を突いて景一があたふたと逃げ出した。彼は無我夢中で玄関のドアノブに手をかけると、後ろも振り返らずに出て行こうとする。

「景一！」

莉大が、鋭く呼び止めた。

景一はびくりと全身を硬直させ、その場に凍りつく。

「忘れるなよ。書類が全部揃わなかったら、俺はもう遠慮しない。おまえら家族のやったことを、徹底的に追及してやるからな。いいか、三日以内に送ってこい。ばあちゃんがいなくなった以上、もうおまえらに義理なんかないんだ」

「わ、わかったよ」

返事もそぞろに外へ飛び出し、景一は無様に逃げていく。来訪時とは段違いのへっぴり腰で、見送る和臣と莉大の視界で彼は三回もコケていた。

「……よっぽど、怖かったんだね」

玄関のドアをそっと閉めた後、莉大がしみじみと呟く。

「だけど、無理ないよな。俺だって、和臣が本気で絞め殺すんじゃないかって思ったもん」

「まぁ、それくらい頭にきたのは事実だよ。でも、あんな人間のために自分の一生を狂わすほど酔狂じゃないし。第一、ここで捕まったら……」

「ん？」

「莉大と愛し合うの、何年後になるかわかんなくなると思って」

「そ……そんなこと考えてたのかよっ。あんな場面でっ」

とぼけた返答に、莉大は狼狽えまくって顔をしかめた。だが、次の瞬間には脱力したように和臣の肩へ額を預け、「あ〜、もうダメだ」と弱音を吐く。一体何のことかと面食らっていたら、パッと顔を上げるなり真剣に睨まれた。

「今すぐ、責任取ってくれよ」

「え、何の……」

「しらばっくれんなよな。お陰で、あんたと寝たくなっちゃったじゃないか」

「莉大……」

耳にした言葉がすぐには信じられず、何度かぱちぱちと瞬きをする。

「えっと、寝たいってのは、それはつまり……」

「ばあちゃん、不謹慎な孫を許してくれるかなぁ……？」

莉大は、一瞬泣き笑いのような顔になった。


抱き合ってベッドへ倒れ込んだ二人は、腕を絡めたまま幾度もキスをくり返す。和臣の下で莉大は微笑み、「他人の重みって安心するんだね」と実に素直な感想を述べた。

「ずっと俺には恐怖でしかなかったけど、多分これからは変わるんだな」

「莉大……」

もしかしなくても、それは景一のことを言っているのかもしれない。

和臣は改めて莉大の身体を抱きしめると、こんな場面で一言も気の利いたセリフの出てこない自分を歯がゆく思った。

「……和臣。俺のこと好き？」

くぐもった響きが、甘えを含んで尋ねてくる。

和臣が何度も頷くと、穏やかな吐息が熱く胸まで染みてきた。好きだと囁かれるだけで幸せになるのなら、何万回でも訊いてくれ。かろうじてそれだけを彼に伝えると、莉大は子どものようにこくんと頷いた。

莉大は、普段から薄着の方だ。だけど、こういう場合は厚着でない方が有難い。和臣は彼の服の裾《すそ》から右手をそっと差し込み、ゆっくりと脱がせにかかった。それに気づいた莉大が軽く身体を浮かせ、進んで協力してくれる。トップスを胸からいっきに引き抜くと、次に現れたボサボサ頭の彼はまるで小動物のように愛らしかった。

「何か、照れ臭いね」

唇の両端を上げ、莉大は紅潮した頬に照れ笑いを浮かべる。そうして満足げに和臣の顔を堪能《たんのう》してから、笑顔のまましゃべり出した。

「こういう体勢から和臣を見上げるの、すっげぇ恥ずかしい感じがする。でも、和臣の顔は好きだよ。優しくて、安心できて、ずっと眺めていても飽きないな」

「莉大から褒められたの、久しぶりだな」

「そうだっけ？」

「いつも、おかしな奴とか変な人だとか、ろくな言われ方してないし」

「愛の告白なんだよ、それ」

俺にとってはね、と付け加え、莉大は悪戯めいた瞳で柔らかく微笑《わら》った。

「莉大……」

シャツのボタンを丁寧に外していき、むき出しになった鎖骨に唇を寄せる。

窪《くぼ》みのラインが美しく、滑らかな肌からは仄かな香りがした。

少し甘くて透明感のある、和臣を惑わせる莉大だけの香り。同じ石鹸とシャンプーを使っている筈なのに、莉大の体温を通すと芳香はまったく違うものに生まれ変わった。でも、もしかしたら、それは和臣だけが感じ取れる特別な媚薬《びやく》なのかもしれない。

「……あ」

なだらかな肩からシャツを落とすと、僅かに莉大が身じろいだ。その動きに合わせて、シーツの上に波紋のような皺が拡がる。その中心に横たわる身体はどこまでも清らかで、触れるのを一瞬ためらわせるほどだった。

「和臣……」

焦れた莉大が先に手を伸ばし、同じように服を脱いだ和臣を自ら引き寄せる。

素肌を合わせた二人はくすぐったさに胸を高鳴らせ、互いの心臓が音色を揃えていくのに苦笑した。

「和臣……の……」

しがみついた姿勢のまま、喉《のど》から絞り出すように莉大は言う。

「好きなように、していいから。俺、大丈夫だから」

「莉大……」

抱き合っている相手から、そんな風にせがまれたのは初めてだ。

和臣は驚き、何故そんなことを言うのか、と尋ねてみる。すると、莉大はたちまち泣きそうな表情になり、どうしていいのかわからないんだ、と本音を打ち明けてきた。

「俺……まともに人とこうしたこと……ないんだ。あんまり……いい思い出、なくて……」

「………」

「だから、何か変だったら言って。直すから……」

「バカ。莉大は、そのままでいいんだよ」

たまらない気持ちにかられ、不覚にも声が詰まってしまう。想像でしかなかった莉大の過去が、切ない現実となって胸を痛ませた。

「俺が触れている莉大は、俺だけのものだ。全部が愛しいし、何一つおかしなところなんてないんだよ。莉大は、自分がどれだけ綺麗か知らないだけなんだ」

「そ……なのかな」

「それなら、莉大はどうだ？　俺が今まで何人とセックスしてきたか数えたいか？　仮に、愛のないセックスをしていたことがわかったら俺を軽蔑《けいべつ》するか？」

「そんなことないよ」

莉大が急いで首を振ったので、和臣は「過去なんて、その程度だよ」と微笑んだ。

「ただ、莉大が辛いなら真面目に考えよう。言ってくれれば、いつでもやめるから」

「やめ……なくていい……！」

再びきつくしがみつき、莉大は同じセリフをくり返す。

「やめないで。やめなくていい。俺、和臣だけなんだ。こういうこと……ちゃんとするの」

「……うん」

手触りのいい髪を撫《な》でながら、和臣も少しだけ悲しくなった。

「うん……わかってる。わかってるよ……」

好きだ、と続けて心の中で呟く。

声に出さなくても、きっと温《ぬく》もりを通して伝わっている。そんな確信が胸を熱くさせ、他人と身体を繋げることの意味を和臣はようやく理解できた気がした。

「愛しているよ、莉大」

想いはどんどん満ちていき、やがて泉のように溢れ出す。それを受け止める相手がいて、恋は初めて成就するのだ。そんな当たり前のことを、重ねた身体はきちんと教えてくれる。

和臣が莉大を抱きたいように、莉大もきっと和臣を抱きたいのに違いない。

首筋から鎖骨まで、和臣は舌を這《は》わせていく。

かつての莉大がどんな声を上げようと、この手で抱いている彼ほど淫《みだ》らではなかったろう。

優しい愛撫《あいぶ》に肌が潤み、莉大の指はしっかりと肩に食い込んでくる。とりわけ敏感な場所に唇が触れると、彼は一際高く喘《あえ》ぎ声を上げ、何度も首を振って和臣の名前を呼んだ。

「和臣……かず……おみ……」

「大丈夫。俺はここにいるよ。ずっと、莉大の側にいるよ」

開いた唇は口づけで塞《ふさ》ぎ、右手をそっと莉大自身へ絡めてみる。熱く張り詰めたその場所は和臣の手の中で切なく煽《あお》られ、情熱の解放を今や遅しと待ち侘《わ》びていた。

「和臣……好き……」

溜め息と一緒に、莉大の指先が同じように和臣自身へ伸ばされる。ぎこちない仕種から生まれる快感に、和臣は短く吐息を漏らした。

「ちゃんと……和臣、ちゃんと俺を……」

「ああ」

もどかしげな声に請われるまま、慎重に莉大の身体を開いていく。和臣がぺろりと閉じた目許を舐め上げると、組み敷いた身体から安心したように力が抜けていった。

「あ……あ……」

莉大の息が一旦《いったん》深くなり、次いでどんどん浅くなっていく。

緊張を堪えるため噛まれた唇は、開かれた瞬間から艶めかしい声を溢れ出させた。

「あ……っ……あ……ぁ……」

擦《こす》れ合う肌に汗が生まれ、湿った身体は次第に動きが激しくなる。隙間なく抱き合った二人は、耳に届く声がどちらのものか、もうわからなくなっていた。

「莉大……莉大……」

「……ぅ……あぁ……はぁ……」

汗に滑る背中に莉大が抱きつき、乱れる吐息を和臣が飲み込む。

出口を求めて駆け巡る熱は、互いの身体を行き来しながらいっきに頂点へと駆け昇った。

「か……ず……おみっ……だめ……あああっ……」

莉大の背中がぐんとしなり、同時に和臣も絶頂を迎える。強烈な快感が電光のように走り抜け、二人はぐったりと全ての力を放棄した。

「ああ……」

一緒に昇り詰めたことに、いくばくかの照れ臭さはある。けれど、少しも不思議なことではなかった。和臣が感じれば莉大が震え、それが再び和臣を快楽へと誘う。そんな感覚のやり取りが、いつしか互いの肉体を一つに溶け合わせただけのことだ。

「……はぁ……」

やがて、莉大が深々と溜め息を漏らした。その気《け》だるさはゆるりと和臣にも伝染し、二人は瞳を合わせてどちらからともなく笑顔になる。一つに混ざった体温は、まだ冷めずに身体のそこかしこで穏やかに溜まっていた。

「莉大……」

耳許に唇を寄せ、和臣は弾んだ息の下から囁く。

「その……大丈夫だったか？」

「何が？」

「だから、身体……辛くなかったか？」

本気で心配したのに、それを聞くなり莉大は破顔した。

彼はひとしきり笑った後、両手で和臣の頬を愛しそうに包み込む。そうして、戸惑う恋人を間近から覗き込むと、少しだけ大人びた口調で答えた。

「これって、世界で一番贅沢《ぜいたく》な痛みだよね。そう思わない、和臣？」


——三日後。

脅しがかなり効いたのか、約束通り莉大の元へ内容証明付きの書類が届いた。

和臣に莉大の保護責任を一任する旨の委任状と、一切の関わりを絶つという絶縁状。手紙は同封されていなかったが、彼らには不要なのか生前の祖母の写真が数枚入っていた。

伯父たちと顔を合わせるのは嫌だと言って、とうとう通夜にも葬式にも出なかった莉大だが、自分なりにお別れは済ませたから、と意外にも穏やかだ。墓は郊外にあるので、納骨が済んだ頃を見計らってお参りするつもりらしい。その時は一緒にいきたいと和臣が言ったら少し驚いた顔をしたが、すぐに笑顔で同意してくれた。

「……景一はさ、俺にとっては悪夢みたいな奴だったよ」

夕食後、ソファで和臣の淹れたエスプレッソに口をつけ、莉大がポツリと呟く。今まで断片的にしか話さなかった事実を、初めてきちんと打ち明けようとしているのだ。聞くには勇気のいる内容かもしれなかったが、和臣は無言で頷いた。たとえどんな話でも、まるごと受け止める覚悟はできている。莉大を抱いた夜、彼は何度も「こんなことしたのは、和臣だけだよ」と切なくくり返した。それが真実であることはすでに知っているが、もし偽りだったとしても、和臣の気持ちは微塵《みじん》も影響を受けなかっただろう。

「ばあちゃんちの近所には、景一の家族も住んでいたんだ。でも、昔から嫌な一家でさ、俺はなるべく避けてたんだけど……中二の頃、高校生だった景一に襲われたんだ」

「襲われたって……」

「さすがに、本番までやる勇気はなかったみたいだけどね。でも、女の代わりみたいな真似はさせられたよ。あ……ごめん……」

「いや、俺なら大丈夫。莉大は、気にしなくていい」

言葉に真実味を持たせようと微笑んでみせたが、莉大は恐縮したのかしばらく続きを話すのを躊躇していた。だが、過去を乗り越えるには今が絶好の時なのだ。和臣に励まされるまでもなく、賢い莉大はそれを理解していた。

「あの野郎、前からやたらベタベタ触ってくるんでまずい気はしてたんだよな。ああいう性格だから女にもモテないし、鬱屈してたんじゃないの。こっちは逃げようにも体格的に敵《かな》わなかったし、騒ぐとばあちゃんに気づかれるだろ。それだけは、絶対に嫌だったから」

「……それで、言いなりにならざるを得なかったのか」

「うん、まぁ……俺も世間知らずで、どこに助けを求めていいかわかんなかったしさ」

カップの残りを飲み干して、彼は少しだけ苦しそうに唇を歪める。

「こんな話、本当は聞きたくないだろ？　嫌だったら、やめろって言っていいんだよ。俺、和臣に嫌われるのが一番怖い。嫌われるくらいなら、このまま黙っておきたい」

「それは、莉大が決めていいんだよ」

できる限り優しく、和臣は答えた。無理に聞こうとは思わなかったし、無理に黙らせようとも思わなかった。確かに過去は消せないが、痛みを和らげる努力はできる。どちらを選べばより良い方向へ向かえるのかは、やはり当人が選択するしかない。

束の間の時間、莉大は考えた。そして、再び話し始めた。

「その時以来、景一は毎週のように家に来た。俺をオモチャみたいに扱った。ほんと、地獄のような日々だったよ。そんな状態が中三まで続いて……とうとう俺の限界がきた」

「何か、きっかけがあったのか？」

「あいつ、俺を最後まで抱こうとしたんだ。俺は全身総毛立って、信じられないくらいの力で景一を突き飛ばした。そのせいで、景一は怪我をして大騒ぎになって……それを機に、ばあちゃんの家を出たんだ。巻き添えにしたくなかったから。景一も懲りたのか、無理に押しかけてはこなかったよ。何があったか知らない伯父さんたちはカンカンで、俺と付き合うなとあいつに厳命したしね」

「………」

「独立して高校通いながら、こっそりばあちゃんに会いに行ったりしてさ。いろいろと大変だったけど、思えばあの頃が一番平和だったな。だけど、卒業直前にばあちゃんが倒れて。連絡を受けて病院へ駆けつけた俺は、そこで悪夢との再会さ。伯父は実の息子だし、いくら何でもばあちゃんにひどいことはしないだろうって思っていたのに、実際は金をむしり取るばっかりだったんだ。で、挙句の果てに設備の悪い、安い病院へ転院させようとした。その話を看護師さんから聞いた俺は、治療費は全部自分が持つからって伯父さんたちを説得した。結局、有り金は半年で底をついたけどね」

そこから先は、和臣もよく知っている。

けれど、景一はどうしてこのマンションがわかったのだろう。そんな疑問を口にしたら、莉大が「この前、俺たちの後を尾けたんだってさ」と白状した。

「景一たちは、ばあちゃんをまるめこんで遺産を少しでも多く取ろうとしてたから、何だかんだ理由つけちゃ病院へ通ってたらしいんだ。だから、俺はなるべく奴らと顔を合わせないように夜に病院へ行くようにした。でも、和臣が現れた晩、実は景一もあの場にいたらしいんだよ。ばあちゃんがいよいよ危ないって話を聞いて、俺から土地の登記済証を奪おうとしていたんだよな。で、居場所を突き止めるために病院に張っていたって言ってた」

「……呆れた連中だな」

「ばあちゃんが亡くなった直後から、伯父さんたちは遺言書はどこだって目の色変えるし。おまけに、俺が登記済証なんて知らないってシラを切り通したら、景一が〝こっちにも考えがある〟とか言いやがって」

「お祖母《ばあ》さんが亡くなったばかりなのに？　伯父さんにとっては、実の母親じゃないか」

莉大は無言で肩をすくめ、コメントする気にもならないという顔をした。

「俺も、その時はばあちゃんが死んだショックで全然冷静じゃなかったけどさ。あいつらには負けるよ。どんな時でも、金のことしか考えない」

「莉大……」

「ま、今回のことで縁が切れたんだから、もうスッキリしたけどね」

恐らく、彼が景一との経緯を他人へ語ったのはこれが初めてに違いない。

全てを話し終えた安心感だろうか。莉大の目が、微かに潤んでいた。

「あの……やっぱ、俺って普通じゃない……よね？」

「どういう意味だ？」

「だって、景一にさんざん嫌な思いさせられたのに、結局お金を稼ぐために自分から身売りしようなんて思ったわけだから……。それって、かなり歪んでるんじゃないかって」

「ばぁか」

怖々と問いかける言葉を一笑に付し、和臣は小さな頭を抱えて引き寄せる。そうして、こめかみにキスを贈りながら、すっかり馴染んだ細い身体を思い切り抱きしめた。

「莉大、おまえは真《ま》っ直《す》ぐで綺麗だよ。少なくとも、俺の目にはそう映るけどな」

「和臣……」

「絶対に、自分を卑下するな。莉大の強さは、俺の憧れなんだ」

「……うん」

ギュッと和臣の服を摑み、莉大がこくんと腕の中で頷く。

控えめに、けれど力強く。

あんたのためなら強くなれるよ——そんな声さえ、聞こえてきそうだった。

「俺、いつも和臣といたい。和臣と一緒にいると、暗かった視界がぱあっと開けて空がうんと近くに感じられるんだ。きっと……今なら、月まで届きそうなくらいに」

「莉大………」

「大好きだよ、和臣。あんたがいれば、何にもいらない」

愛している、と音にせずに囁き、和臣は抱きしめる腕に力を込める。

莉大がせがむなら、何度だって連れていってやる。

望むなら——もちろん、あの月まで。


「なんか、まともにカップルってことしてない？　俺たち」

クリスマスイブの夜、和臣が予約しておいたイタリアンレストランでテーブルに案内されるなり、莉大は気恥ずかしそうに第一声を漏らす。

考えてみれば、二人でスーツを着て高級な店で食事をするのは今夜が初めてだった。晴れて恋人同士になったのだし、オーソドックスな線から始めようとしたのだが、定番すぎる展開に彼はやたらと照れを感じているらしい。

「俺、マジでこういうノリ初めてなんだけど」

「それなら、これからもっとチャレンジしよう。莉大と一緒に、俺の記憶も全部塗り替える。

ドライブ、レストランでの食事、遊園地デート、何もかも莉大と最初から始めたいんだ」

「……ダッセぇ」

臆面《おくめん》もなく言い切る和臣に、やれやれと莉大は苦笑する。彼は見かけよりずっと大人で、こういう場面ではむしろ和臣の方がはしゃいでいるほどだった。

しかし、やはり年上の男としてそれなりのプライドもある。祖母の入院費用にと頑張って働いていた莉大は「今夜は俺がご馳走《ちそう》する」と値段も見ない内から張り切っていたが、すでに支配人には和臣のカードを渡してあった。きっと莉大は拗ねるだろうが、たまに分不相応な贅沢を楽しませてやれるのが大人の特権だとしたら、和臣は莉大に対してフルにその特権を活用するつもりだった。

金や物でできることには、限界がある。

だが、莉大は今まで環境に恵まれなかったし、せっかく着飾り甲斐のある上等なルックスも持っているのだ。現に、渋る彼を説得して買った今夜のスーツは、えんじの細いリボンタイが大きな黒目に映えてとてもよく似合っていた。

「けどさ、和臣はいいのかよ。俺たちくらいだぜ、男同士の客なんて」

「そう？　別に、俺は気にしないけどな。第一、いかにもモテなさそうな二人組ならともかく、莉大は全然そうは見えないだろ。大勢の中から俺を選んだんだなって、皆思うよ」

「……また、ズレたこと言ってるよ」

憎まれ口を叩いてはいるが、満更でもなさそうだ。ちょうどメニューを携えたカメリエーレがやってきたので、彼の興味はたちまち食事の方へ移ってしまった。

料理上手なだけあって、莉大は食べることにも意欲的だ。和臣に説明してもらいながら、今まで口にしたことのない料理をどんどん選んでいく。細い身体のどこに入るんだという量を注文し終えた彼は、心底幸せそうな笑顔を見せた。

「そういえば、聞き損ねていたんだけど……」

「え、何？」

「結局、莉大のバイトって何だったんだ？」

口いっぱいにプリモのイカスミパスタを頬張りながら、莉大が「ちょっと待って」とジェスチャーで答える。真っ黒な口の周りをナプキンで豪快に拭い、あっという間に片付いた皿の前で彼は満面の笑顔を見せた。

「ああ、美味《うま》かったぁ！」

「そ、そうか。良かったな」

「あはは、そんな顔するなって。バイトのことだろ？　実はさ、家政婦の真似事みたいなことしていたんだ。だから、お屋敷街に通っていたのは本当なんだよ」

「家政婦？」

突拍子もない答えに、思わず声が引っくり返る。その間も莉大はパンを千切って口へ放り込んだり、小皿のオリーブオイルに指先をつけて舐めたりしていた。

「うん。姉妹で暮らしているお婆さんと病院で知り合って、高齢の彼女たちに代わって家事をやっていたんだ。料理、買い物、掃除に屋敷の簡単な修繕とか。話し相手とかも兼ねて」

「そ、それなら、何も嘘までつかなくても……」

「お婆さんたちに、口止めされたんだよ。やっぱり女性だし、若い男が出入りしているのは恥ずかしかったんじゃないの。誰にも言わない、出入りするところもなるべく見られない、そんな条件で雇われたんだ。和臣には話してもいいとは思ったんだけど、コンビニって言っておいた方が安心するんじゃないかと思って。あんた、心配性だからさ。何か裏があるんじゃないかとか、年上でも相手は女性じゃないかとか言い出す気がして」

「う……まぁ……」

絶句する和臣をよそに、彼は運ばれてきた魚と肉のメイン料理に猛然と取り組み出す。もちろん、どちらも莉大の分だ。プリモで充分お腹が満たされてしまった和臣は、手持ち無沙汰《ぶさた》なのでパンを細かく千切って、間をもたせなければならなかった。

「実際、可愛がってくれてるけどね。孫みたいだって」

「だけど、変じゃないか。どうして、夜中から朝までだったりしたんだよ」

「妹の方が海外旅行に出ちゃってさ、一人だと夜が心細いから来てほしいって頼まれたんだよ。彼女があと四十歳若かったら、誘惑されてるシチュエーションだよな。でも、特別手当も出してくれたし。俺っておっさんだけじゃなく、婆さん受けもなかなかなんだよね」

「………」

たくましい奴、と呆れた視線を投げかけても、莉大はあっけらかんと笑っている。

いくら口止めされていたとはいえ、何もそこまで律儀に秘密を守らなくてもよさそうなのに、そういうところは変に義理堅くもある。

つくづく退屈しないな、と和臣は思う。

莉大と出会ったあの夜から、四六時中ドキドキさせられっ放しだ。多分、これからもこんな調子で彼は自分を振り回していくのだろう。

（やれやれだなぁ……）

嬉しそうに振り回されている自分の姿が、やけに鮮明に脳裏へ浮かび上がる。

和臣は賑やかな幸せを噛みしめつつ、豪快にナイフとフォークを扱う恋人を眺めながらパンを口へ放り込んだ。

水に生まれた月

◆◆◆　1　◆◆◆

「和臣《かずおみ》！　なぁ、和臣ってばっ！」

「何だよ、ゴキブリでも出たのか？」

　キッチンから飛んできた騒々しい声に、リビングのソファで寛《くつろ》いでいた榊《さかき》和臣は何事かと雑誌から目線を上げる。騒いでいるのは、夕食の支度を始めた莉大《りお》だ。

　家では恋人の彼——高橋《たかはし》莉大——が家事全般を受け持っているのだが、何もしないのも気が引けるので和臣もできるだけ手伝っている。ところが、やはり慣れないせいか毎日必ず一つはお小言の原因を作ってしまうのだ。まるで姑《しゅうとめ》と同居しているみたいだな、と苦笑していると、莉大が更に追い打ちをかけてきた。

「炊飯器の米、和臣が洗ったんだろ？　なぁ？」

「そうだよ。でも、水加減ならちゃんと指でも確認したぞ？」

　言われた通り、最初の一節目までな。そう心で付け加え、（我が家も、すっかり自炊が定着したなぁ）と感慨に耽《ふけ》る。一人暮らしをしていた頃は、付き合っている彼女が手料理を頑張った時以外では炊飯器なんて使った記憶がなかった。多くの独身男性のご多分に漏《も》れず、和臣も大抵は外食かコンビニ弁当でしのいでいたからだ。

「そんな俺が、今では律儀に米を研ぐ毎日だもんな」

「で、研ぎ汁をそのまんま捨てちゃったわけ？」

いつの間にか、傍らに莉大が仁王立ちになっている。先日プレゼントしたデニム地のカフェエプロンをし、自作の白いシャツを着ている姿は、生来の美貌《びぼう》も加わって見惚《みと》れるほど可愛らしい。だが、彼は愛想の欠片もなく冷ややかに和臣へ視線を投げた。

「あのさぁ、何度言ったらわかるんだよ。米の研ぎ汁は捨てるなってばっ」

「え、また大根でも煮るつもりだったのか？」

「ばっかだなぁ。研ぎ汁は、いろんな使い道があるんだぞ。ばあちゃんが、よく俺に言ってたもん。あれで板張りの部分を磨くと、ワックスかけたみたいに艶《つや》が出るんだからな」

「へぇ、そうなんだ……」

「ホント、和臣って何も知らないのな」

莉大は大威張りだが、はっきり言って和臣にはどうでもいい。だが、彼が二言目には「ばあちゃんが……」と誇らしげに口にする様子は愛《いと》しかったし、実際『暮らしの豆知識』には大いに助けられてもいたので、ここは素直にしょんぼりとしてみせた。

「悪かった。これから気をつけるよ」

「……ま、いいよ。明日はキッチンの床磨きをしようと思ったけど、風呂場に変更する。水《みず》垢《あか》なら、酢がありゃなんとかなるもんな。でも、和臣は理系のくせに情けないぞ」

「そういうの、関係あるのか？」

「だって、こういうのは理科の実験の応用じゃん？」

当然のように言い返されて、あまりの正論に和臣はあっさり降参をした。莉大は物事を理論的、合理的に考える術《すべ》に長《た》けているが、その弊害で色気のないセリフを容赦なく吐くことが多い。最初こそ可愛い顔とのギャップに面食らいもしたが、今ではそこが一番の魅力だとさえ感じてしまうのは、惚《ほ》れた欲目というやつだろうか。

まぁいいか。幸せなんだし。

呑気《のんき》な呟《つぶや》きを心で漏らし、和臣は改めて莉大へ向き直った。

「――莉大。ちょっと、こっちにおいで」

腕組みをしてふんぞり返っている彼へ、そっと両手を広げてみる。何だよ、と目線で問いかけられたので、まずはにっこりと笑顔を返した。すると、莉大は僅《わず》かに顔を赤く染め、しょうがないなぁ……と言わんばかりに眉間《みけん》へ皺《しわ》を寄せる。そうして渋々と和臣の手を取ると、床に両膝《りょうひざ》をついて頭をちょこんと預けてきた。

「俺、料理が途中なんだけど……」

「いいから、少しこうしてゆっくりしよう。莉大、このところ根つめて家事ばっかりしているだろ。気持ちは有難いけど、もっと楽にしていていいんだよ。せっかく大学が九月末まで夏休みなんだから、あと半月は遊べるんだぞ」

「でもさ……その……迷惑かけたじゃん……」

和臣の膝の上に、控えめな溜《た》め息が降りかかる。危惧《きぐ》した通りだったな、と苦い思いを噛《か》みしめてから、健気《けなげ》な彼の背中へ視線を落とした。

莉大と出会ってから、もうすぐ一年になる。

長いようで短かったその期間に、二人の生活にはいくつかの転機が訪れていた。

まず、かねてから考えていた引っ越しの決行だ。案の定、莉大は自分の部屋なんかいらないと突っ撥《ば》ねたが、和臣は頑として意思を曲げなかった。寝室は一緒でも問題はないが、やはり莉大にもプライベートな空間は必要だ。特に、和臣の説得に応じて一年遅れで大学に進学した彼にとって、個室は切実な問題と言えた。

（莉大、ものすごく頑張って勉強していたもんなぁ）

もともと頭がいいのか、和臣の指導以外は独学で受験を突破した莉大だったが、リビングやキッチンで遅くまで受験勉強している姿にはずっと胸が痛かった。そのため、春になるのを待って引っ越しをし、現在は2LDKのマンションに住居を変えている。莉大が祖母と住んでいた家は土地ごと伯父《おじ》に売り払われてしまったが、幸いなことにその金を元手に彼らも他県へ移り住んでいたので、莉大の希望に沿って大田区内で物件を探した。

（本当は、莉大を連れて青駒《あおこま》に戻ろうかとも思ったんだよな……）

都心から一時間ちょっとしか離れていない故郷は、かねてより莉大が興味を示している土地でもある。だが、青駒に住むなら実家の両親の手前、莉大との関係をはっきりさせねばならないだろう。昔からの知り合いも多いため、二人の噂《うわさ》はたちまち拡がるに違いない。自分はともかく、人々の興味本位な視線に莉大を曝《さら》すことに和臣は少なからず抵抗を覚えた。だから、時期尚早と断念したのだ。

けれど、そんな和臣の決断は莉大に小さな罪悪感を植えつけた。

真っ当な人間だった和臣を誤った道へ引き込んだのでは、という負い目があっただけに、「故郷へ一緒には帰れない」という選択が、悲観的な未来をあれこれ喚起したのだろう。

おまけに、上司から和臣へ見合いの話が飛び込んだ。義理があって断れないまま、とりあえず会うだけなら、という気持ちで赴いたのだが、もちろん莉大に話せるわけがない。だが、どこからかその情報を耳にした彼は自分の目で見合い現場を確認し、傷ついたまま何も言わずにマンションから出ていってしまったのだ。

(あの時は、本当に目の前が真っ暗になったよ……)

当時の和臣の狼狽《うろた》えようときたら、それこそ尋常ではなかった。身寄りのない莉大がどこへ消えたのか、探す当ても手がかりもなく、本気で途方に暮れていたのだ。傷心を抱えて出席した同窓会で、久しぶりに会った抄《しょう》から「ホテルを手伝ってくれている子がいる」と話を聞いた時は、特徴があまりに莉大と酷似していたため心底驚いた。

(まさか、青駒にいるとは盲点だったよなぁ)

勇んで『小泉館《こいずみかん》』へ乗り込んだ和臣は、そこで働く莉大と抄の兄である潤《じゅん》がかなり親密なのを知り、激しくショックを受けることになった。あまつさえ、莉大は和臣に向かって冷たく「帰れ」といい、潤が好きになったから放っておいてくれ、と信じられない言葉を投げつけてきたのだ。それが、恋人の将来のために身を引こうとした芝居だったことを知った時、和臣はそれまでの自分の態度を深く悔いたのだった。

莉大をお日様の下で笑わせたい、と思ったのが始まりなのに、どうして彼を悲しませたりしたのだろう。周囲の思惑とか風当たりが厳しいのは想像に容易《たやす》いが、それでも莉大を失うことに比べれば些細《ささい》な傷と思えるのに。

莉大さえ側にいてくれるのなら、他には本当に何もいらない。

様々な誤解が解け、再び気持ちを確認し合った今、和臣の胸にあるのは優柔不断だった自分への悔恨と、二人の未来をどう築いていこうかという希望だけだった。

「和臣……やっぱり、まだ怒ってるのかよ……？」

沈黙が長く続いたせいで、どうやら莉大を不安にさせてしまったようだ。恐る恐る顔を上げた彼を、和臣はできる限り優しい微笑で見返した。

「莉大が、家出の罪滅ぼしにあれこれ家事を頑張ってくれるのはわかってた。でも、俺には二人で一緒にいられて嬉しいって気持ちしかないんだ。それに、成り行きとはいえ莉大が行きたがっていた青駒の街も歩けたしね。それで充分だよ」

「和臣……」

「俺の方こそ、ごめんな。見合いもそうだけど、俺がうっかり〝青駒には住めない〟なんて口を滑らせたから誤解したんだろ。別に、莉大の存在がネックで実家にいけないとか、そんな意味じゃなかったんだ。周囲に理解してもらうには、少し難しいかなって思っただけで」

話の途中で俄《にわ》かに莉大の表情が暗くなったので、和臣は慌てて付け加えた。

「あ、違うんだ。だからさ、その、何て言えばいいのかな。莉大の生活は、長いこと不安定だっただろ。ようやく落ち着いた矢先に、新たな波を起こしたくなかったっていうか……」

「うん、わかるよ。……ありがとう」

素直に頷《うなず》くと、莉大はまた静かに顔を伏せる。日頃生意気な口をきいているくせに、絶妙なタイミングでしおらしい様子を見せるのだから困ったものだ。和臣はたちまちうっとりとした気分になり、言い訳なんかどうでも良くなってしまった。

「大好きだよ、莉大。こうして、また二人でいられるなんて夢みたいだ。おまえが黙って出ていった時は、何の手掛かりもなくて呆然《ぼうぜん》としたんだからな。まさか、青駒にいるなんて夢にも思ってなかったよ。しかも、よりによって小泉のホテルで働いているんだもんなぁ」

「……ごめん」

「謝らなくていいから、約束してくれ。絶対、黙ってどこかへ行かないって。少なくとも、俺のことを好きな内は自分から離れたりするなよ。約束できるか？」

「うん、約束するよ。和臣の側に、ずっといる」

「じゃあ、この話はもう終わり。お互い謝ってばかりで、全然先へ進まないから」

おどけてそう答えると、微《かす》かに莉大は笑ったようだ。こそばゆい気配を布越しに感じ、和臣もつられて微笑《わら》ってしまった。

「本当に……もう、どこにも消えるなよ……」

温度の上がった指で莉大を撫《な》でながら、上々な気分で呟いてみる。指の隙間を流れる髪は柔らかくてさらさらで、ほんの少しだけ色素が薄かった。肌の白さによく似合う綺麗《きれい》な栗色は、密《ひそ》かなお気に入りだ。シーツに沈んだ莉大が艶《なま》めかしく跳ねる度、毛先まで小さくうねりを見せる。そんな光景を思い浮かべただけで、和臣の鼓動は知らず速まってきた。

「……おみ。和臣ってば?」

「え?　あ、ああ……ごめん。ボーッとしてた」

不埒《ふらち》な妄想を急いで頭から散らすと、改めて莉大を見下ろした。勝ち気な黒目が一瞬訝《いぶか》しむように細められたが、結局は何も言わずに再び頭を膝の上に下ろす。

もう、どんなことがあっても離れるなんてできないな。

和臣はしみじみとそう思い、莉大から伝わる温《ぬく》もりがすっかり自分の一部になっていることを痛感した。その体温は自分の肌に溶け込み、ずっと昔から一つだったと錯覚さえ起こしそうだ。まして、一度失いかけたのだからその愛しさは格別だった。

（だからこそ、いい加減ちゃんとしなくちゃいけないよな……）

莉大を取り戻してからというもの、和臣の心では一つの決心が固まりつつある。

それは、二人の将来についてだ。世間的に『恋人』と公言できない立場にあるせいで不要な誤解を生み、しなくてもいい遠慮を莉大にさせてしまった。同じ過ちはくり返したくないし、二度とあんな思いはさせたくない。それには、やっぱり大きな決断が必要だ。

「実は……俺、莉大に相談があるんだ」

「相談？　何だよ、改まって」

「うん。ちょっと大事な話だから、真剣に考えてほしいんだけど」

滅多に聞かない和臣の重々しい口調から、よほど重大な内容だと察したのだろう。莉大は返事をする代わりに、キュッと強く服の裾《すそ》を摑《つか》んできた。

「——わかった。いいよ、言って」

何を言われても驚かないよう、覚悟を決めているのだろうか。強気な彼にしては珍しく、顔も上げずに話の先を促してくる。和臣は頷くと、慎重に言葉を選びながら話し始めた。

「なぁ、莉大。俺たち、もっと堂々としよう」

「え……？　意味が、よくわかんないんだけど……」

「俺、莉大のこと恋人だって皆にちゃんと言いたいんだ」

「…………」

「莉大には、ずっと側にいてほしいと思っている。でも、一生二人の関係を隠し通して生きるなんてやっぱり無理があるだろう？　俺が態度をはっきりしなかったせいで辛い思いをさせたけど、もうすれ違いや誤解は嫌なんだ。だから、正々堂々と皆に言いたい。この子は、俺の恋人ですって。大事な、かけがえのない相手なんだって」

「み、皆って……」

「もちろん、親兄弟、友人、職場……全部だよ」

「嘘……――」

反射的に莉大は顔を上げ、大きな目を見開いたまま絶句する。家出騒動が落ち着き、ようやく平和が戻ってきたと安堵《あんど》していただろうから、その心中は察するにあまりあった。そのせいか、いつもなら脊髄《せきずい》反射の素早さで言い返してくるのに、こちらが不安を覚えるくらい彼の沈黙は長く続いた。

「だ……だけどさ……」

やっと何か思いついたのか、その唇が弱々しく動く。

「和臣の同僚には……もう俺との同居がバレてるんじゃ……」

「何で、そんな風に思ったんだ？」

「だって、同僚の一人に俺と会わせろって騒がれてるって……そう言って困っていたじゃないか。その人に、俺との関係をどう説明しようか悩んでたからだろ？　でも、俺わかるよ。

親戚でも何でもない年下の男と同居なんて、普通じゃないもんな」

「莉大、おまえなぁ……いや、ちゃんと言わなかった俺が悪かった。あのな、俺が困っていたのは別の理由からだよ。その同僚、藤野《ふじの》っていうんだけど、えらく莉大に興味持っててさ。あれこれ詮索《せんさく》されたら、おまえが嫌だろうって思って……。まぁ、そんな無神経な子じゃないんだけど、やっぱり心配だったたし。でも、実は莉大に会わせるって約束は、かなり前からしていたんだよ。だから、どうしようかなぁって……」

「じゃ、俺が和臣の恋人だって知ってるの、その人？」

動揺を抑え切れない、いくぶん上ずった声で莉大は言った。

「俺、てっきり和臣がごまかし切れなくて困ってるって思ったから……だから……」

「話したっていうか、正確には俺の態度からバレちゃったんだ。ほら、莉大にプレゼントしたコート。あれ買った時、彼女と一緒だったんだよな」

「で、でも……」

まだ納得のいかない面持ちで、尚《なお》も食い下がってくる。コートの一件からバレていたのなら、両想いになる前から自分たちの同居は知られていたことになる。それは、莉大にとって青天の霹靂《へきれき》にも等しい事実だった。

「俺……俺が、あんなに悩んだのに……」

「莉大……」

「だって、本当に和臣が困っていると思ったから。だから、やっぱり側にいちゃいけないいんじゃないかなって……俺、そう考えたんだよ……？」

真摯《しんし》に訴える莉大の目は、正面からしっかりと和臣の視線を捕らえる。

「俺、和臣にはすごく感謝してる。身寄りも金もない俺のために、大学の学費まで出してくれて。もちろん、いつかちゃんと返すつもりだけど、でも……今しかできないことをさせてもらっていること、本当に有難いって思ってるんだ」

「………」

「だから、これ以上は和臣の負担になりたくない。もし、俺の存在が何かしら不利になるようなら、潔く出ていかなくちゃって……そんな風に思って……だから」

そこで、不意に言葉が途切れた。和臣が、いきなり唇を重ねたからだ。突然のことに莉大は身をすくませたが、やがてゆっくりと瞳《ひとみ》を閉じて口づけに応えた。

細い肩を力強く摑み、柔らかなキスをくり返す。

唇の温もりは、きっと素直に自分の想いを莉大へ伝えてくれるだろう。

たとえこの先何が起きても、莉大を守って生きていきたい。苦労性の恋人に、君の場所はここにあるんだと、声が嗄《か》れても何度でも言い聞かせたい。そんな願いを切なく込めて、和臣は優しく莉大の舌を搦《から》め捕《と》った。

「……ん……」

喉《のど》を鳴らして吐息を飲み込み、莉大が首に腕を回してくる。キスが深くなるにつれて二人の身体《からだ》はぴったりと寄り添い、互いの体温がゆるりと一つに溶け合った。

こうして、自分たちは今まで何百回キスをしてきただろう。

甘いキスも苦いキスも、莉大と全部を分かち合ってきた。それでも、唇が触れる瞬間はいつも初めてのように胸がときめく。腕の中の細い身体が体温を上げ、零《こぼ》れる溜め息が切なく肌へ降りかかる度、これが最後のように離れ難い気持ちに襲われてしまう。今も、莉大の悲しい言葉を止めたかっただけなのに、気がつけば我を忘れて唇を味わう自分がいた。

「な……何だよ、突然……」

ようやく解放した後、弱々しく莉大が文句を言ってくる。潤んだ瞳に微熱の余韻を見た和臣は、力の抜けている彼をゆっくり自分の隣へ座らせた。

「……正直言うと、藤野に会わせるのをためらったのは事実だよ」

左肩に心地好い重みを感じながら、和臣は彼の髪を指に絡ませる。

「だけど、莉大との関係を隠しておきたかったからじゃないんだ。つまり……ほら、おまえまだ十九歳だろ。おまけに、見かけはもっと若く見えるしさ。何か、俺と並んだら怪しい感じがするんじゃないかなぁって……。それに、藤野はさばけた性格で話しやすいんだけど、その分口に遠慮がないからさ。莉大を見て何を言い出すか……」

「俺も人のこと言えないけど、和臣は心配しすぎだよ」

上目遣いにこちらを見上げると、莉大はニッと悪戯《いたずら》っぽく笑んだ。

「再来月の十一月には、俺、二十歳《はたち》になるんだぜ。和臣だって学生で通るくらい浮世離れした雰囲気だし、まだ二十五歳じゃないか。いくら何でも、ロリコン親父には見えないだろ」

「う……まぁ、そうだけど……」

「何か……気が抜けた」

「え……？」

深々と溜め息をつかれ、和臣は少し心配になる。何か、彼を呆《あき》れさせるようなことを言ってしまっただろうか。そんな胸の呟きをよそに、莉大は賢そうに黒目を輝かせた。

「なぁ、和臣。お互い気を遣い合って、不安を煽《あお》るのはもうよそう？　俺、やっとわかったよ。和臣と一緒にいることを、一番引け目に感じていたのは自分だったんだって。成り行きで転がり込んで、奇跡みたいにあんたを手に入れたけど、多分どこかで実感が伴ってなかったんだ。いつかは終わる夢のような気持ちで、ずっと和臣の側にいた。だから、少しの出来事に動揺したり、すぐ悲観的になったりしちゃったんだよ。でも、もうやめるから。俺、ちゃんと自信持つから」

「莉大……」

「会わせてよ、その同僚に。和臣が構わないなら、誰に俺のこと打ち明けてもいい。そりゃあ、親にはすぐ理解なんかしてもらえないだろうけど……。でも、めげないよ。大丈夫」

決意を秘めた眼差《まなざ》しで、莉大は大人びた表情で宣言をする。彼はまた、新たな問題に飛び込もうとしているのだ。それは、和臣との生活を長い目で考え始めたからに他ならない。

ずっと一緒にいようと、言葉にするのは容易い。だが、実行するのは想像よりよほど大変だ。それでも諦《あきら》めたくはないから、時間をかけて一つずつ問題を乗り越えていこう。莉大の瞳は、そんな風に和臣へ呼びかけていた。

「莉大……――」

ずっと一緒にいたいから。

そんな恋人の決心が、真《ま》っ直《す》ぐに伝わってくる。

自分から言い出したにも拘《かかわ》らず、和臣は胸が詰まってすぐには何も答えられなかった。

数日後の休日。

莉大と藤野を会わせる日が、いよいよやってきた。

「あ、榊さん。こっちです、こっち」

待ち合わせたイタリアンレストランで、入ってきた二人を見つけた藤野が右手を上げる。

職場では親しくしているもののプライベートで会うことなど滅多にないため、白衣を脱いでピンクのツイードスーツ姿になった彼女はいきなり華やいで映った。

だが、それは彼女も同じだったようだ。目の前に立った和臣を見るなり、驚きの色が素直にその瞳に浮かぶ。それから感心した声音で、「カッコいいですねぇ」と微笑《ほほえ》んだ。

「白衣の榊さんもなかなかですけど、今日のスーツ姿も素敵ですよ。嫌だ、私たちってばお見合いでもしているみたい。ほら、私も気合いの入った格好してるでしょ？　思い切ってボーナス払いで買ったんですけど、まさか最初に見せるのが榊さんだとは……」

「悪かったな、素敵な彼氏でなくて」

「あの……どうも、はじめまして」

和臣の後ろに控えていた莉大が、ぺこりと頭を下げる。緊張しているのか、日頃の彼らしくなく微かに声が上ずっていた。

「俺、莉大です。高橋莉大」

彼の右肩にそっと手を置いた和臣は、改めて一緒に藤野へ向き直った。

「ごめん、紹介するのが遅れた。藤野、彼が俺の恋人だよ」

「…………」

「藤野？　どうした？」

「あ、こ……こんにちは、藤野塔子《とうこ》ですっ。やだ、私ったらごめんなさい。何か、いきなり関係ないことベラベラ話しちゃったりして……」

「いいんです。それよか、今日はよろしくお願いします」

莉大がぺこりと頭を下げた途端、藤野は少女のように頬《ほお》を染める。どんな想像をしていたのか知らないが、思い描いていた人物像と莉大が違っていたことだけは確かなようだ。恐らくは儚《はかな》く弱々しげな美少年が、和臣の服の裾を摘《つま》んでいる図でも考えていたのだろう。だが、生憎《あいにく》と莉大は見るからに生命力に溢《あふ》れている。学者肌の和臣と並ぶと、むしろ莉大の方が遥《はる》かにたくましく、なんでも一人でやってのけそうな雰囲気すらあった。

「えっと……とにかく、食事にしましょうか？」

藤野の言葉でとりあえず席に落ち着いた三人は、それぞれ食前酒を注文する。その際、莉大が未成年なのを気にしていた藤野は、リスを思わせるつぶらな瞳を見開いた。

「嘘、もうすぐ二十歳なの？　だって、どう見たって高校生くらいにしか……とと、いけない。またまた、ごめんねっ。じゃあ数ヶ月は繰り上げて、今日は成人ってことで目をつぶっちゃう。ちょっとだけなら、飲んじゃおうか」

「……藤野ぉ。だから、おまえには会わせたくなかったんだよ」

「あ、ひどいじゃないですか。私が会わせてくださいって言った時、調子よく〝もちろん〟とか言ったくせに。そのくせ、一年近くも会わせてくれなかったんですよ？」

ふくれる藤野に笑いながら、和臣はそっと莉大へ耳打ちをした。

「な？　外見は小動物系だけど、中身は変な奴だろ？」

「そんなことないよ、可愛い人じゃん」

莉大の答える「可愛い」という言葉が耳に入ったのか、藤野はたちまちご機嫌になる。運ばれてきたシェリーグラスに口をつけると、その笑顔は更に二割増し明るくなった。

「榊さんってねぇ、職場で割とモテるのよぉ。ほら、ちょっと男前じゃない？」

やっぱり始まった……と密かに和臣は嘆息したが、彼女は一向に気にしない。ちょうど正面に座った莉大が興味深そうに相槌《あいづち》を打ったので尚更だった。

「でも、いっつも恋人と長続きしなかったんだけどね。それが、莉大くんとは違うみたいだわ。確か、もうすぐ一年でしょ？　榊さぁん、新記録じゃないですか！」

「いや、別に俺は記録に挑戦しているわけじゃ……」

「何、真面目くさったこと言ってるんですかっ。ねぇ、莉大くん。莉大くんは、榊さんのどこら辺が好きになったの？　……なぁんて、訊《き》いてもいいのかなぁ」

「いいよ、全然。でも、特に面白い理由じゃないと思うけどな」

構わないわ！　と熱心にせがまれて、莉大はちらりと和臣を見る。今にも笑い出しそうな口許《くちもと》を懸命に押さえながら、彼は再び藤野へ視線を戻した。

「あのさ、和臣って……けっこうバカじゃん」

「え？」

「俺、和臣と知り合って気がついたんだけどさ。バカな奴って好きみたい」

「榊さんが……バカ……」

「うん、そう」

莉大はあくまで澄ましているが、あまりに予想外な答えだったのか、藤野はしきりと瞬《まばた》きをくり返している。彼女にとっての和臣はあくまで『若くして研究班のチームリーダーに大抜てきされた』人物であり、優秀な頭脳を持った尊敬すべき相手なのだ。研究熱心な分、確かに世慣れているとは言い難いかもしれないが、それを莉大のように「バカ」と言い切ってしまう度胸はない。

（おまけに……榊さんってば、ニコニコしてそれを聞いてるわ……）

半ば呆れ、半ば感心しながら、藤野は目の前の異色カップルを交互に見つめた。

和臣の恋人が男だと知った当初、その事実を自分の中で整理するのは彼女にとって簡単な作業ではなかった。仄《ほの》かに抱《いだ》いていた和臣に対する恋心や、同性愛に対する偏見などでぐるぐると葛藤《かっとう》し、僅かながら傷ついたりもしたのだ。

けれど、今の莉大のセリフを聞いたら、それら全てが些末《さまつ》なことに思えてしまう。「バカな奴って好きみたい」とあっさり言ってのけ、そのくせ彼の瞳には揺るぎない恋人への信頼と愛情が充分に満ちている。

（榊さんってば、きっとものすごくこの子を可愛がっているんだろうなぁ）

そう確信した瞬間、自然と溜め息が零れ出た。

恐らく、和臣は見栄もプライドもかなぐり捨てて、捨て身で莉大を口説き落としたのに違いない。そうでなければ、あんなに甘い音色でバカなんて言葉を、恋人に言わせたりはできないだろう。また、莉大もそんな和臣が好きだからこそ、堂々と憎まれ口が叩けるのだ。

（ふぅん……何かいいなぁ……）

風変わりな結びつきかもしれないが、そこには純粋な恋だけがある。彼氏いない歴五年の藤野には、ちょっぴり妬《ねた》ましくなる二人だった。

和やかな雰囲気の中で食事は進み、ドルチェが出される頃には莉大の緊張もすっかりほぐれたようだ。和臣が一杯目のワインすら持て余している横で、藤野と二人して食後酒にグラッパを頼もうかなどと話している。考えてみれば、これまで莉大が女性と親しげに話している場面など見た経験がなかったので、和臣はなかなか新鮮な気分を味わっていた。

「やぁだ、榊さん。一人でしみじみしちゃって！」

程よく酔いの回った藤野が、にまにましながら詰め寄ってくる。

「わかった、エッチなことでも考えてるんでしょう！」

「は……？」

「だって、榊さんってわっかんない人ですもん。さんざん社内の女の子泣かした後で、こんな美少年と同棲《どうせい》なんか始めてるし。紳士に見えて、実は相当な遊び人だったりして……」

「おい、莉大が誤解するだろ。第一、俺はいつも振られる方だったんだぞ？」

「どうかなぁ。今だってスケベ親父みたいにニコニコと、一体何を考えてたんだか」

「――俺のことだろ?」

すかさず、莉大が口を挟んできた。ふざけたり甘えたりしているのではなく、当たり前のことを言っただけ、という顔だ。事実、彼は和臣のリアクションなど確かめずに、さっさとグラッパへ関心を戻している。お陰で、藤野は突っ込む気力すら奪われてしまった。

「えーとね、莉大くん。ちょっとお願いがあるんだけど……」

「いいよ、何?」

「うん。お化粧を直したいんだけど、ちょっと酔っちゃったみたいなんだ。だから、悪いんだけど化粧室の前まで一緒についてきてくれないかな。足許が不安だから」

「マジ? 大丈夫かよ?」

素早く席を立った莉大は、なかなかの騎士ぶりを発揮して手を差し伸べる。心配になった和臣も一緒に立ち上がりかけたが、藤野はやんわりとそれを押し止《とど》めた。

「ナイトは、一人いれば充分ですよ。ごめんなさい、すぐ戻りますから」

そう言って微笑むと、莉大に支えられながらヨロヨロと歩き出す。

見送る和臣は彼女のおぼつかない足取りに不安を覚えつつ、いつの間にあんなに酔ったんだろうと首を傾《かし》げていた。

「……あのさ、もう和臣からは見えないと思うよ」

化粧室に向かう狭い廊下の途中で、不意に莉大が足を止める。その言葉を聞くなり藤野は顔を上げ、突然しゃんと背すじを伸ばした。もちろん、酔いに乱れたところなどどこにも見当たらない。だが、莉大は特別驚いた様子は見せなかった。

「何だ。莉大くん、わかってたんだ」

周囲に人がいないのを確認してから、藤野は茶目っ気たっぷりに莉大を見上げる。それから、やれやれとばかりに腕を組むと背後の壁へ凭《もた》れかかった。

「そういえば、迷いもしないで化粧室へ向かったよね。もしかして、前にも？」

「うん。去年のクリスマス、和臣とここでメシ食ったから」

「あ……そうなんだ……」

今度こそ、藤野は気の抜けた顔になった。莉大は内心彼女の反応に戸惑ったが、あえて次の言葉を待つことにする。酔った振りまでして自分を連れ出したからには、和臣の前では言えない話があるのだろう。それが何であれ、不思議と警戒心はなかった。

「あのさぁ、私がこんなこと言うのも変なんだけど……言ってもいい？」

「うん」

「今夜ね、莉大くんに会えて良かったなって思うんだ」

「え……」

改まって言われると、さすがにひどく照れ臭い。莉大が返事に困っていると、藤野は相手の困惑を楽しむような悪戯っぽい目付きになった。

「今更私が言うことじゃないけど、榊さんって内面はけっこう頑固っていうか……激しいところあるじゃない。ま、これは一緒に仕事して私が感じたことなんだけど」

「うん、わかるよ」

有無を言わさず景一《けいいち》を殴り飛ばした姿を思い出し、莉大は深々と頷く。

あの時、景一は本気で殺されるのではないかと脅えていた。「何でもしてやる」と言った和臣の目は、確かにそう思わせる色をしていたのだ。

「和臣って、普段は穏やかだけど中身は意外と情熱的なんだよな」

「いやぁねぇ。莉大くんが言うと、なんか違うこと想像しちゃうじゃん！」

恥ずかしそうに照れ笑いを浮かべ、藤野は莉大の肩を思い切り叩いた。

「……とにかくね、榊さんが恋人と長続きしなかった原因も常々そこら辺にあるような気がしていたの。だって、もともと淡泊なら諦《あきら》めもつくけど、実際は違うわけじゃない。その情熱が自分に向けられていないってわかったら、そんな男と付き合うのは時間の無駄でしょ？でも、莉大くんに会って安心したの。多分、榊さんはもう孤独になることはないんだなぁって思って。ほら、あなたたち男同士じゃない？　世間の風当たりとか考えると、正直言ってあんまりお勧めできない気がしていたんだけど……でも、余計なお世話だったたね」

「藤野さん……」

「ふふ、ちょっとしゃべりすぎかな。でも、お酒が入ってるから許してよね。あのさ、私って昔から勉強が大好きで、今日までずっと酵素をお友達にしてきた人なのね。そんな私が、初めていいなって思ったのが榊さんだったんだ。あ、でも過去形だからね、安心して。それに……あくまで〝いいな〟程度だから。うん、莉大くんは榊さんとお似合いだよ。すごく良かったよ、恋人が莉大くんで」

藤野はもう一度にっこりと笑うと、「そろそろ戻らないと、まずいよね」と歩き出そうとする。その腕を反射的に摑まれ、彼女は訝しげに莉大を振り返った。

「莉大くん……？」

見返した真っ黒な瞳は、もどかしげに揺れている。

「あの！　あの……俺……」

「…………」

「――ありがとう……」

素直に礼を言われて藤野は真っ赤になり、とんでもない、と首を振る。何故《なぜ》なら、どんな耳障りのいい言葉を連ねたところで、自分の本音はもっと醜いものだからだ。

和臣が今まで付き合った女性は、容姿の美しい人ばかりだった。それこそ、恋愛経験の乏しい藤野など逆立ちしても敵《かな》わない勝ち組の美女たちだ。そんな中、莉大は一番綺麗な顔だちをしていたが、いかんせん男の子だ。

どうせ奪《と》られるのなら、同じ女には渡したくない。

そんな屈折した気持ちが、自分になかったとは言い切れない。

（でも……目が覚めたわ……）

感動に震える莉大の声音には、先ほどまで決して見せなかった不安や臆病《おくびょう》な心が表れていた。自然に振る舞っているようでも、今夜三人で会うのにどれだけの勇気が必要だったかを物語っている。藤野は胸が熱くなり、姉のように莉大を抱きしめたくなった。

「本当に……俺、何て言っていいか……」

「ううん、お礼を言うのは私の方だよ」

抱きしめる代わりに莉大の右手を腕から引き離し、ギュッと両手で包み込む。

そうして、目を輝かせながら藤野は言った。

「私に彼氏ができたら、絶対にダブルデートしようね！」


何があったのか知らないが、化粧室から戻った二人は異様に盛り上がっていた。お陰でレストランの後も何軒かのバーをはしごさせられ、下戸の和臣はへとへとになる。莉大はかなりご機嫌な様子で、藤野を「ちゃん」づけで呼んでは呪文《じゅもん》のように「ダブルデートだ！」と言って笑い転げていた。

「……やっと帰れた……」

玄関のドアを後ろ手に閉め、ほぅと長い息をつく。朝まで飲むんだと騒ぐ藤野を無理やりタクシーへ乗せ、莉大と帰路についたのは深夜も二時を回った頃だった。

「藤野、大丈夫かな。あいつ、すごい酔っぱらってたけど」

「和臣が、飲まなさすぎるんだよ。本当にアルコールがダメなんだなぁ」

傍らの莉大が潤んだ目でこちらを見上げ、とろんとした表情を崩して笑う。アルコールのせいか妙に仕種《しぐさ》がしどけなくて、和臣は目の毒とばかりに視線を逸《そ》らそうとした——が、いち早く手が伸びてきて強引に向き合わされてしまう。間近に迫る小作りな顔は、ほんのり桜色に染まってこの上なく色っぽかった。

「和臣、好きだよ」

莉大は愛想よく微笑むと、素早くキスをしてくる。不意を突かれた和臣が目を丸くしていると、唇を離してから「七時間ぶりのキスだね」と嬉しそうに言った。

「今夜はすっごく楽しかったけど、やっぱり和臣とこうしているのが一番好きだな。エレベーターで上がってくる途中、早く部屋に入りたくてウズウズしちゃったよ」

「そんな素振り、全然なかったぞ。俺は、てっきり莉大が酔っぱらってると……」

「そりゃあ、素面《しらふ》じゃないけどさ。でも、キスくらいしてくれるかと思ってた」

「エレベーターには、監視カメラがあるし。……恥ずかしいじゃないか」

真面目くさった和臣の答えに、莉大は「あはは」と腹を抱える。始めはムッとしていた和臣も次第につられてしまい、とうとう一緒になって笑ってしまった。

「ああ、楽しいな」

ひとしきりはしゃいだ後、涙の滲《にじ》んだ莉大の左目を和臣がぺろりと舐《な》め上げる。舌はそのまま徐々に下がっていき、滑らかな頬を伝って唇にたどり着いた。

「……くすぐったいよ」

掠《かす》れ声で莉大が呟き、ふわりと抱きついてくる。和臣はためらいなく彼を抱き上げると、靴を脱ぐのも省いて寝室へ向かおうとした。

「かっ、和臣っ？」

驚いたのは、莉大だ。彼は空中で足をバタバタさせながら、突然の行動にひどく面食らっている。けれど、小柄な彼がどんなに暴れても、和臣はびくともしなかった。

「あ、あのっ。俺、靴まだ履いたまんま……っ」

「大丈夫。ベッドで、全部俺が脱がせてあげるから」

「……ホントは、あんたも酔ってんじゃねぇの？」

普段の和臣らしくない強引さに、莉大は戸惑いを隠せないようだ。赤くなった顔を見られまいとしてか、自ら和臣の首にきつくしがみついてきた。

半開きになっていたドアを肩で押して、和臣は歩みを止めずに部屋へ入る。引っ越しを機に買い替えたダブルベッドは、深い海を思わせる青いカバーがかけられていた。その上に静かに莉大を下ろし、自分の上着を乱暴に床へ脱ぎ捨てる。藤野が見惚れた今日の出立《いでた》ちはしなやかなウールストレッチを素材とした三つボタンのスーツで、服飾の仕事を目指している莉大が「和臣ならグレーでも地味にならないから」と自信を持って見立てたものだった。

いつか、自分の技術がもっと上がったら上等なスーツを仕立てて和臣へプレゼントする。それが、ひっそりと胸に収めた莉大の目標でもあった。

「莉大、子どもみたいに体温が高いな」

額と額を合わせ、和臣が宝物でも発見したような顔で呟く。真冬を目前にした夜気は充分に冷え切っていたが、和臣と唇を合わせた瞬間から莉大の熱は上がりっぱなしだった。

「バカ……マジで、和臣ってバカじゃん……」

「何で？」

「せっかく……俺が選んでやったのに。さっさと脱ぎやがって……」

言葉だけは強気だが、莉大の声は愛撫《あいぶ》に合わせて段々と上ずったものになっていく。和臣の指が演奏でもするかのように軽やかに動き、敏感な場所を探り当てていくせいだ。微熱を帯びた肌は触れる先からしっとりと吸いつき、その度に莉大の全身が小刻みに震えた。

「ん……う……」

性急に剝《は》ぎ取られた下着が、下ろしたての革靴のところで溜まっている。畜生、全部脱がすって言ったくせに。そんな莉大の憎まれ口も、今の和臣には聞こえていなかった。

露《あら》わになった胸に唇を寄せ、好きだと囁《ささや》きながら口づける。

何度かそれをくり返しただけで、莉大は観念したように瞳を閉じた。同時に全身からふっと力が抜け、綺麗な楽器のように身体がしなり始める。足首に絡まる服が邪魔だったが、それでも莉大はできる限り両脚を開いた。

「莉大……?」

「いいよ、和臣……きてよ、早く」

「でも、大丈夫か？　こんな急に……」

だいぶ慣らされたとはいえ、いつもならもっと時間をかけて、莉大の受け入れ態勢を整えていくのが二人のやり方だ。場合によっては、身体を繋《つな》げないで愛し合う時も多かった。それが和臣の思いやり故《ゆえ》だとわかってはいるだろうが、今夜の莉大ははっきりと抱かれたがっている。じゃれ合うだけの幸せな愛撫では物足りないと、熱い身体が訴えていた。

「なぁ、俺さっき言ったじゃないか。ウズウズしたって……」

ためらう相手に焦《じ》れたのか、莉大は自ら和臣の身体を引き寄せる。むき出しの肩へ噛みつき、早く一つになりたい、と呟く声音は、すでに哀願の域に達していた。

「莉大……」

その言葉を裏づけるように、莉大自身の情熱は今にも弾《はじ》けそうなほどの昂《たかぶ》りを見せている。

和臣は手早く残りの衣類を脱ぎ捨てると、ぴったりと隙間なく莉大と素肌を重ねた。

「本当だ……肌が、じりじりしてる……」

「……だろ……？」

響き合う二つの鼓動は、かつてない速さで互いの胸を叩き続ける。

今夜、一つのハードルを越えた安堵感と、いよいよ始めてしまったという思い。それらが二人を煽り立て、より強い結びつきを求めているのだ。

「莉大……好きだ」

なけなしの理性を総動員して、和臣は慎重に莉大の身体へ割って入った。自身を推し進める途中で快感の波に攫《さら》われそうになったが、かろうじて堪《こら》えぬいた。

「和臣……和臣……」

熱の固まりを奥深く飲み込み、うわ言のように莉大が呼び続ける。すでに馴染《なじ》んだ行為であるにも拘らず、開かれた身体は僅かな動きにも反応し、あえなく乱れていた。

莉大が切なく声を上げる度に、ますます四肢の感覚は鋭くなっていく。和臣が一つ吐息を肌へ落としただけで、閉じたまつ毛が大きく震えるほどだった。

「あ……っ……あ……」

普段よりトーンの高い声が、切れ切れに唇から零れ出る。ズケズケと物を言い、色気より利発さが勝ってしまっている彼が、ひとたび青いシーツに包《くる》まれれば甘く熟した果実へ変貌を遂げるのだ。反らす指、うねる髪の一筋すら、和臣を魅了しときめかせる。今も、相手を気遣う余裕はとうに失《う》せ、和臣はただ夢中になって莉大の身体を貪《むさぼ》った。

「……ぅあ……っ……あ……あああっ」

揺さぶられ、高い波に乗り、莉大は大きく息を吸い込んで和臣の肌へ爪《つめ》を立てる。そのまま汗の浮かんだ背中へすがりついた瞬間、全ての熱がいっきに吐き出された。同時に和臣も絶頂へ駆け上り、莉大をきつく抱きしめ返す。一瞬、息が止まるほどの力が入り、莉大は辛そうに腕の中で声を漏らした。

「……莉大……」

重たくなった身体をマットレスに沈め、傍らの莉大と目を合わせる。乱れた前髪と怠惰《たいだ》な眼差《まなざ》しは、日頃の温和な和臣からは想像もできないものだった。けれど、莉大が密かにその顔を気に入っているとは知らないため、すぐにいつもの微笑を取り戻して言った。

「ごめんな、夢中で。どこか痛くしなかったか？」

「あんまりきつく抱くから、骨が軋《きし》んだ」

だるそうに靴を脱ぎ捨てると、シーツに潜り込んだ莉大が控えめに抗議する。和臣は苦笑しながら長い指を伸ばし、彼の額に張りついた髪を愛しげにかき上げた。

「藤野と莉大も意気投合したみたいだし。お陰で、少し自信が出てきたな」

「うん、そうだね。俺も、ちょっと嬉しかったよ」

藤野と莉大の間には、確かに親密さが生まれている。そのことは和臣も感じていたが、あえて深く追及しようとは思わなかった。恐らく化粧室に立った時に何かあったのだろうが、無理に聞き出すなんて野暮な真似はしたくない。それに、進学したはいいもののろくに友人も作らない莉大が心配でもあったので、今後藤野が彼の良い相談相手になってくれればいいな、とも思っていた。相談相手ならば『小泉館』の四兄弟もいるが、いかんせんあそこの長男に莉大を近づけるのだけは気が進まない。

「そうだ、それで思い出した！」

「え？」

突然目の覚めるような声を出され、うとうとしかけていた莉大がパッと目を開く。

「何だよ、大きな声出して。びっくりするじゃんか」

「俺、明後日《あさって》に休みを取るから今度は青駒へいこう。実家へ一緒にいって、ついでに小泉館へ寄るのもいいな。海外に撮影旅行に出ていた裕《ゆう》くんは、まだ帰国してないんだっけ？」

「そ、そんな急に……。俺、まだ心の準備が……」

「善は急げって言うじゃないか。それに、家出した時はあそこの兄弟にさんざん世話になったんだし。裕くんや潤さんには、ずいぶん相談にも乗ってもらったんだろ？」

「まぁ、それは……そうだけど……」

だが、事が『善』だとは限らない。というより、和臣の両親にしてみれば息子が男の恋人を連れて帰るなど悪夢以外の何ものでもないだろう。

莉大の表情は明らかにそう言っていたが、和臣は大らかに彼の不安を笑い飛ばした。

「大丈夫だって。もしかしたら、俺たち構えすぎていたのかもしれないよ。藤野だってすんなり事実を受け入れてくれたんだ。莉大の人柄をよく知れば、うちの親だって絶対に憎めなくなるって」

「………」

絶対に、そんなに上手《うま》くいくとは思えない。

莉大は沈黙でそれを伝えたが、すっかりやる気になっている和臣は、もはや家族など恐るるに足らず、の心境だった。脳内では早くも明るい未来が開け、正月ともなれば莉大とまだ中学生の弟が雑煮の大食い競争をしている図まで浮かんでくる。

それは、何て平凡で微笑ましく、笑いに満ちた未来図だろうか。一度想像が先走りしてしまうと、今までためらっていた時間が勿体《もったい》なく思えるほどだった。

「よし、決めた。莉大、今度は親父受けのいいスーツ、選んでくれよな」

「……わかったよ」

止めても無駄だと諦めたのだろうか。

莉大は気弱な笑顔を浮かべると、素直にこっくりと頷いた。

◆◆◆　2　◆◆◆

「——で、見事に当たって砕け散ったってわけか……」

友人の小泉抄からミもフタもない感想を口にされ、和臣はしゅんとしょげかえる。

しかし、何の根回しもなしに暴走した彼に同情する人間は、生憎と一人もいなかった。

「さすがに無謀だとは思ったんだよ。電話で、莉大くんが榊の両親に挨拶《あいさつ》に行ったって聞いた時にはね。まぁ、唯一の救いは莉大くんが落ち込んでいないことか……」

「だって、俺は始めっから無理だって覚悟してたし」

テーブルにズラリと並べられた料理に次々と手を出しながら、莉大は屈託なく答えた。

「物分かりのいい同僚に祝福されたもんで、ちょっと弾みがついちゃったんだよな」

「莉大……おまえなぁ……」

「……ったく、こいつの可愛げないとこ、全然変わんねぇな」

呆れ顔で割り込んできたのは、小泉四兄弟の末っ子の茗《めい》だ。末っ子とはいえ、現在高校のバスケ部で花形選手として活躍する彼は、兄弟の中で一番背が高かった。

青駒市は、海を埋め立てて開発が進む西側地区と、運河が縦横無尽に走る旧市街の東側地区とでガラリと趣を変える土地だ。『小泉館』は、古いお屋敷が立ち並ぶ東側でひっそりと兄弟だけで営業を続けている小さなホテルだった。

切り盛りするのは次男の抄と、併設のレストランでシェフとして評判を取っている長男の潤。三男の裕と四男の茗は、休日に俄か従業員として頑張っている。皆それなりに見た目の整った見目麗しい兄弟ではあるが、事情があって全員に血の繋がりはなかった。

「はぁ、やれやれだ。一体どこまで増殖すんのかな、このゲイ人口は……」

「茗、おまえこそしっかりしろよ。年上の彼女に張り倒されてたくせに」

「俺は兄ちゃんたちに成り代わって、この家の跡取りを作ろうとしてんだぁっ」

「あ、そっか。裕に続いて、抄と潤さんまでデキちゃったんだもんなぁ」

「うっせ、うっせ！」

初対面から相性の悪かった莉大と茗は、早速罵声《ばせい》の応酬だ。だが、傍目《はため》からは本人たちが思っているほど仲が悪いようには見えなかった。

今日は、恋人のカメラマンと海外へ撮影旅行に出ていた裕が帰国してきた日だ。昼間は近所の人も呼んでささやかなパーティを開いていたのだが、日が落ちてからはこうして身内と莉大たちとで改めて飲み直している。泊まり客がいないのをいいことに、ホテルもレストランも臨時休業にしたらしい。相変わらず悠長な商売してんな、と莉大が内心呆れていると、潤が後ろから右腕を回してきた。

「莉大、今日も凶悪に可愛いなぁ。榊なんてやめて、俺と不倫しない？」

「潤さんっ、あなたは隅っこでおとなしくしていなさいっ」

「ひっでぇなぁ、抄。俺は犬猫じゃないんだぞぉ」

「ああ、そうでしたね。マウスの方が、まだ言うこと聞いてくれますから」

嫌みを言う抄の足許で、飼い猫のマウスが同意の鳴き声を上げる。

「大体、落ち込んでいる榊を更に刺激してどうするんです。そうでなくても、あなたと莉大くんは周りを充分にヤキモキさせてきたんですからね」

「うっわ、おまえは綺麗な顔して相変わらずきっつい子だね」

「そうやって、恨みがましく見ても駄目ですっ！」

ほんの数週間前に両想いになったとは思えないほど、抄と潤のやり取りは変わらない。付き合い切れないとばかりに二人の側から逃れた莉大が、赤ワインの入ったグラスを手に取って隅でおとなしくしている和臣へ近づいてきた。

「……なぁ、和臣。元気出せってば」

ほら、とグラスを手渡し、彼は隣の椅子に腰を下ろす。目の前では抄たちの兄弟ゲンカに面白がって茗が参戦し、ますます賑《にぎ》やかな様相を呈し始めていた。

受け取ったグラスを両手で包み込み、はぁ……と和臣は溜め息を漏らす。

「やっぱり、いきなりはまずかったか……親父、卒倒しそうなくらい赤くなってたし……」

「お母さんだって、貧血起こしそうなくらい真っ青だったよ」

「弟は、〝マジ〜？　マジ〜？〟ばっかり言ってたしな」

「だけど、和臣とよく似てたね。まだ中三だっけ？　けっこう男前になりそうじゃん」

「莉大、そんな呑気なこと言っている場合と違うんだぞ」

思わず見返した顔は、相当情けないことになっていたらしい。莉大は一瞬黙り込んだが、堪え切れなくなったようにプッと吹き出した。

「……あのなぁ……」

「ごめん、ごめん。でも、あんまり和臣がさ……」

「もういいよ……」

再び深い溜め息をつき、和臣はがっくりと項垂《うなだ》れる。一体、自分はどこで間違ってしまったのだろう。思い出すのも辛い記憶だが、もう一度検証してみなければ、と思った。

一週間前、和臣は宣言通り意気揚々と莉大を連れて青駒の実家へ戻った。

莉大がこの街を気に入っているので、両親に紹介が済んだら越してきてもいいかな、なんてお気楽なことさえ話していたのだ。思えば莉大は終始生返事だった気もするが、藤野の時のように緊張しているのだろうと勝手に解釈をしていた。

和臣の実家はごく一般的な一戸建てで、公認会計士の父親と専業主婦の母親、そして年の離れた弟の和彰《かずあき》と柴犬のカリンが住んでいる。仕事が忙しくて滅多に顔を見せない長男を心配し、母親が時々食料品やらお歳暮で余った洗剤やらを送ってくるような、どこにでもいる平凡な家族だった。

そんな両親にとって、優秀な成績で進学校から国立の理系へ進み、一流企業の研究室へ就職した和臣は自慢の息子だ。後は、気立てのいい嫁でも貰《もら》ってくれれば何の文句もないが、まだ二十代なのだから焦ることもないと、二人とものんびりと構えていた。

そこへ、青天の霹靂《へきれき》とでも言うべき事件が勃発した。

久しぶりに帰ってきた息子は、見知らぬ男の子と一緒だったのだ。前もってやんわり話くらい通しておけば良かったのだが、気負った和臣は真《ま》っ直《す》ぐ家に出向いてしまい、玄関で怪《け》訝《げん》そうな顔をする母親へ開口一番言ってしまったのだった。

『母さん、今日は恋人を連れてきた。今、俺は彼と一緒に住んでいるんだ』

それから後は――できれば思い出したくない。

榊家は台風直撃の如《ごと》く大騒ぎとなり、『小泉館』へ寄る気力は根こそぎ奪われた。裕の帰国パーティに誘われなかったら、当分は青駒に足を踏み入れることすらなかっただろう。

ただ、騒動の最中は一言も話さなかった莉大が、帰り際に「ごめんなさい」と激高する父親へ頭を下げたのがひどく胸に痛かった。それだけは忘れてはいけないと、和臣は深く反省している。

「そんなの、俺は全然気にしてないってば」

物思いに沈む和臣へ、莉大はケロリとした口調で声をかけた。

「俺、めげないから大丈夫って言っただろ？　だから、和臣も元気出しなって」

「だけど……本当にごめんな、嫌な思いさせて。俺さ、自分の両親はもっと……何ていうか、リベラルな人間だと思ってたよ。だから、ちょっとショックでもあったなぁ」

「和臣……」

「そりゃ、父も母もごく平凡な人間だけどさ。やっぱり自分の親だから、偏見とか持たない公正な人だって思いたいじゃないか。もちろん驚かれるのは覚悟していたし、悲しませることも考えなかったわけじゃないよ。でも、息子の俺じゃなくて莉大を攻撃するなんて……。俺には、それががっかりなんだよ。親父なんか、おまえをオカマ呼ばわりしたんだぞ！」

話している間に怒りが再燃し、和臣は激しい口調で吐き捨てた。

「もういいよ。俺は莉大と幸せになる。それだけは、誰にも邪魔させない。たとえ親が反対したって、成人した息子から恋人を奪うなんて真似はできないんだからな」

「和臣って……すごく愛されて育ったんだね」

「え……」

やけにしみじみとした響きに戸惑い、たちまち勢いが燻《くすぶ》ってしまう。どういう意味かと尋ねようとしたが、予想に反して莉大の横顔はあまりに穏やかだった。

「あのさ、俺ってガキの頃に親が死んじゃったじゃん」

「……ああ」

「安手のドラマみたいに親戚の家を転々として、見兼ねたばあちゃんが中学で引き取ってくれるまで、自分の居場所だって思えるところが全然なかったんだよね。だから、血の繋がりなんかまったく信じてないし、事実ろくでもない目にしか遭ってこなかった」

「…………」

返す言葉のない和臣は、黙って頷くしかない。こんな場合、どんなセリフも嘘臭く聞こえるだろうし、莉大が慰めを求めて話しているのではないこともわかっていた。

「俺、和臣が自分の両親を信じていたこと、すごくいいなって思うよ。人によっては、青臭いって鼻で笑うかもしれないけど、それは絶対素敵なことだと思う」

「そ……うかなぁ……。藤野あたりには、〝だから、榊さんは世間知らずなんですよ〟ってさんざん嫌味言われそうな気がするけどなぁ」

「ううん、違うよ。和臣のそういうところ、俺は大好きだよ」

そう言い切ってから、莉大は持っていた自分のグラスを和臣のグラスに軽く触れさせる。チンと透明な音が響いた後、彼は「諦めないで、頑張ろう？」と微笑んだ。

「莉大……」

人目さえなければ、ここでキスをしたいところだ。しかし、さすがにそれは憚《はばか》られるので二人は視線を合わせたまま唇だけを動かした。

「あ。今、好きだよって言ったんでしょう。良かった、ちゃんと仲直りしたんだね」

「なんだよ、裕。いいとこなんだから、邪魔すんなよ」

シチリアで真っ黒に日焼けしてきた裕が、恋人の松浦浩明《まつうらひろあき》と一緒にニコニコしながら立っている。いくぶん表情が大人びたが、人好きのする笑顔とほんわかした雰囲気は相変わらず健在だった。彼は莉大とひょんなことから親しくなり、旅行へ出る前に長男の潤へ託した張本人だ。和臣の見合いで心身がまいっていた莉大は、お陰でだいぶ救われたのだった。

「おまえ、他人のラブシーンに乱入するなんていい度胸じゃんか」

「でも、俺も浩明もさっきからずっといたんだよ。高橋が気がつかなかっただけだよ」

「う……」

にこやかな一言で莉大を黙らせると、裕は丁寧に和臣へ頭を下げた。

「ずいぶんお久しぶりですね、小泉裕です。確か、榊さんって抄兄さんが高校生の時に何回か遊びにみえましたよね。お元気でしたか?」

「うん、お陰様でね。裕くんも、大きくなったね」

「あの……すみません、榊さん。二人の話が聞こえてたんですけど……」

「え?」

「俺も、高橋の意見に賛成です。家族を無条件に信じられるのは、簡単なようでとても難しいと思います。想像と違ってがっかりするのは当たり前だし、子どもっぽいなんてことありませんよ。きっと、榊さんはずっと優等生でやってきて、ご両親に心配なんてかけたことがなかったんじゃないですか。そういうところ、抄兄さんと似てますよね」

　裕の話を聞きながら、和臣は内心ひどく驚いていた。物腰が柔らかく、どちらかというと控えめで印象が薄くなりがちな子なのに、選ぶ言葉は真っ直ぐで迷いがない。性格はまるで違うが、莉大と彼が意気投合するのもわかる気がした。

「それから、高橋は血の繋がりなんて信じないって言ってたけど……。そう言い切っちゃうのは淋《さび》しいけど、でも心さえ通い合えば血なんて関係なく本物の家族になれると思います。だって……俺たち兄弟がそうだから」

「裕くん……」

　最後のセリフだけは、さすがに気恥ずかしいのだろう。裕はぺこりと頭を下げると、浩明の腕を引っ張ってその場からそそくさと去ってしまった。

　再び二人きりになった和臣と莉大は、改めてお互いの顔を見合わせる。

「家族……か……――」

　気がつけば、ほとんど同時に同じ言葉を呟いていた。


　付き合って一年目を目前に控えた十一月、莉大はめでたく二十歳になった。

誕生日のプレゼントは、和臣が招待する一泊二日の温泉旅行だ。旅行自体が初めての莉大は大喜びして、二人は和臣の運転する車で思う存分、休暇を満喫して帰ってきた。

ところが、順調なのはそこまでだった。帰宅するなり和臣は会社に呼ばれ、すぐにボストンへ飛んでほしいと言われてしまう。アメリカの研究室で老化対策コスメに必要なＤＮＡの計測法が開発されたらしく、どれほどの確実性を持つものか現地に飛んでデータを集めてこいというのだ。場合によっては向こうの研究員と一緒に問題点の解明に努め、測定結果の安定化に力を貸すようにとも命令された。

「じゃ、海外出張になるんだ？　いつまで？」

「大きなトラブルさえなければ、クリスマス前には帰ってこられると思うけど……」

暗い顔つきで帰宅したのを見て、出迎えた莉大は最初びっくりしていた。だが、事情を説明するとすぐに納得したのか、さっさと自室から卓上カレンダーを持ってくる。赤いペンを手にした彼は来月のページをめくると、二十五日をしっかりと丸で囲んだ。

「ほら、たかが一ヵ月じゃないか。あんまり深刻そうにしているから、一年とか二年の話かと思った。脅かすなよなぁ」

「だけど、アメリカなんて遠いじゃないか。莉大、一人で大丈夫か？」

「俺は、ずっと一人で生きてきた人間なんだけど？」

まぜっ返すような口をきいて、莉大は偉そうに腕を組む。

「心配しなくても、平気だって。淋しかったら、潤さんに遊びにきてもらうよ」

「いや、あの人はダメだ。油断できないからな」

冗談だとわかっていても、相手が潤だと本気で気が抜けない。

それともう一つ、和臣には日本を離れる上で大きな気がかりがあった。

「なぁ、和臣。出張のこと、実家に知らせなくてもいいのか？」

「子どもじゃないんだから、別に構わないさ。第一、そんな話をする状態でもないし……」

——そうなのだ。

両親を怒らせてから二ヵ月近く、実家とは音信不通の状態が続いている。和臣からは連絡をしなかったし、父親が禁じているのか母親からの電話もなかった。いつもは小遣い目的にメールを頻繁に出してくる和彰すらパッタリと沈黙を守っている。裕にはああ言われたが、家族なんて一度こじれると冷たいもんだよな、と和臣は淋しく思っていた。

「なぁ、莉大。もし……もしもだな」

「何だよ、急に真面目な顔になって」

「俺の留守中に家族がここへ押しかけて、おまえを追い出そうとしたら……いや、そんなことはまずないと思うんだけど、念のため……すぐに俺へ連絡するんだぞ。この部屋は、俺と莉大の場所なんだ。莉大には、ここに住む権利がちゃんとあるんだからな」

「うん、わかってるって」

莉大は張り切って答えるが、いざ本当にそんな場面になったら黙って消えてしまう気がする。もちろん、そういう子だから和臣も好きになったのだが、やはり自分がいない間にいなくなられては困るのだ。だから、莉大の手を握りしめ、何度も何度も念を押した。

「本当だぞ。俺たち、約束したんだからな。絶対に離れないって」

「へへ、ロミオとジュリエットみたいだね」

「何、悠長なことを言ってるんだ。いいか、一ヵ月の辛抱だ。すぐ帰るから待ってろよ」

まるで自分自身へ言い聞かせるように、和臣はくり返し「待っていろ」と訴える。

莉大はおとなしく手を取られたまま、仔猫《こねこ》のような目でこっくり頷いた。


和臣がボストンに旅立って、数日が過ぎた。

その間、莉大は大学に通う以外のほとんどをマンションで過ごし、もっと正確に言えばミシンの前にばかり座っていた。趣味に没頭していれば淋しさを忘れられるし、いつ和臣から電話がきても出ることができる。それは自分のためというより、留守中に何かあったらどうしようという和臣の不安をなるべく解消してあげたい気持ちからだった。

「本当は、そろそろ俺も携帯電話を持った方がいいんだろうなぁ」

行動範囲が狭いせいもあって必要性を感じなかったが、常々持つようにとは言われている。過保護な和臣のことだから、もし莉大が携帯を買ったらのべつまくなしメールや電話をしてくるのは目に見えていた。それが少々鬱陶しいので、あえて持つこともないかと思っていたのだが、こんな風に離れてしまうと妙に頼りなくなるのも本当だった。

「はい、榊です」

そろそろ寝ようかと思っていたら、家の電話が鳴り出した。和臣からはすでに一度かかってきていたが、また声が聞きたくて……なんて言われるのも初めてではない。それは、莉大にとってても和臣を身近に感じられるひとときだった。

「あれ？　もしもし？　もしもーし」

自分に電話がくることはまずないので、出る時は『榊』で通している。けれど、電話口の向こうでは莉大が出た途端、明らかに狼狽えている気配がした。

「もしもし、どちら様ですか？　もしもし？」

『……あの』

しつこく粘っていたら、とうとう向こうが根負けしたようだ。渋々といった感じではあるが、ようやくぽつぽつと用件を話し始めた。

『兄ちゃ……榊和臣、いますか。俺、弟ですけど』

「え……じゃ、もしかして和彰か？　おまえ、榊和彰だろ？」

『なんで、あんたにタメ口きかれなきゃなんないんだよ』

和彰はあからさまにムッとし、再び短い沈黙が訪れる。しかし、すぐに開き直った口調で不躾《ぶしつけ》に話を再開した。

『もう十一時だろ。携帯にかけても出ないし、とっくに帰ってるかと思ったのに。じゃ、いいよ。もう一回かけてみるから。あ、それからさ……えっと、あんた……』

「莉大だよ。高橋莉大」

『うっそ、それ本名？　女みたいな名前じゃん。ま、そんなことどうでもいいや。あのさ、いつまで兄貴と一緒にいるつもり？　もしかして、結婚とかできるって思ってる？』

「……思ってないよ。生憎、俺は戸籍も男だし結婚は難しいんじゃないかな。それに、和臣なら出張中で日本にはいないよ。今、ボストンの研究室へ行ってるんだ」

莉大の言葉に、またもや和彰は黙り込んだ。

やがて、たっぷり一分は経過してから、『……マジ？』と呟きが聞こえる。

「和彰、それしかボキャブラリーないんだな。そうだよ、大マジ。一ヵ月は帰ってこない」

『そんな……そんな困るよ……じゃ、俺どうしたらいいんだよ』

先刻までのふて腐れた態度はどこへやら、彼はあっという間に弱々しい声になる。尋常でない狼狽《ろうばい》ぶりに、初めはおかしく思っていた莉大も段々心配になってきた。

「もしかして、何かあったのか？　和臣に相談があったんだろ？」

『母さんが、倒れたんだよ』

「え……」

『今、医者が帰ったとこなんだ。親父は昨日から旅行で留守だし、心配するから絶対知らせるなって母さんは言うし。連絡したら、年末まで小遣いゼロだって言うんだぜ？　俺、何をどうしたらいいか全然わかんねぇ。それに……それに……』

数回口ごもってから、突然和彰は語気を荒げた。

『あんたのせいなんだからな！』

「………」

『あんたが……あんたが、男のくせに兄貴とおかしなことになるからっ。だから、あれから母さん元気なくしちゃって、家の中もすっげぇ暗い雰囲気なんだぞっ。親父は怒りっぽくなるし、すぐ母さんに八つ当たりするし。変態兄貴のお陰で、家はめちゃくちゃなんだよっ！』

溜め込んでいた文句が、次々と受話器の向こうからぶつけられる。ある程度想像していたとはいえ、聞いている間に莉大の身体は小刻みに震えてきた。

二ヵ月間、和臣の実家ではこんなに家族が苦しんでいたのに、自分たちは呑気に温泉なんかに出かけていたのだ。現状認識の甘さに、謝罪の言葉さえ出てこなかった。

『もしもしっ？　おい、あんた聞いてんのかよっ。もしもしっ？』

「……あ、ごめん……聞いてる……」

『そ、そんなしょんぼりした声出したって、無駄なんだからなっ。俺は、変態兄貴と違ってまともなんだから。悪いと思ったら、さっさと別れて出ていけよ！』

そう言うなり、乱暴に電話は切られてしまう。けれど、莉大は受話器を持ったまま、長い時間その場に立ち尽くしていた。

「和臣……そうだ、和臣へ連絡しないと……」

のろのろと受話器を戻し、和臣の携帯番号を思い出そうとする。いつもかけてもらう側なので、記憶は甚《はなは》だ曖昧《あいまい》だった。仕方なくメモを見ようとして、そういえば時差があるんだ、と気がつく。ボストンとは十四時間の時差があると、確か聞いた記憶があった。

「えっと、じゃあ今は何時なんだ……？」

向こうが遅れているのだから、朝の九時頃だろうか。けれど、和彰は「携帯に出ない」と言っていた。もしかしたら、すでに研究室に入っているか、徹夜明けで爆睡中なのかもしれない。メールを送ろうにも莉大は携帯を持っていないし、時々借りている和臣のパソコンは彼が出張に持っていってしまった。

「どうしよう……」

途方に暮れて呟いた時、再び電話が鳴り始める。反射的に和臣の顔を思い浮かべ、莉大は飛びつくように受話器を取り上げた。

「もしもしっ、和……」

『――あのさ』

意外なことに、声の主は和彰だった。一方的に激昂《げっこう》しておきながら、再びかけてきた理由がわからない。莉大が返事に戸惑っていると、いかにも気まずそうに彼は言った。

『お粥《かゆ》ってさ……どうやって作んだよ』


途中でできるだけ買い物を済ませ、莉大は榊家の前に立つ。緊張を和らげるために深々と深呼吸をしてから、きりりと表情を引き締めた。

「……よし。行くか」

勇気を振り絞って呼び鈴を押そうとしたら、直前にドアが開かれる。あらかじめ電話を入れて「昼前には着く」と伝えておいたので、和彰には来客が誰かわかったようだった。

「信じらんねぇ……ホントにきたのかよ」

「うん、よろしくな。あ、台所はこっちだったよね?」

あまり余計な口はきかず、急いで上がらせてもらう。心労が祟《たた》って倒れた母親を前に、和彰は軽くパニックになっていた。ネットで調べるのも忘れて、莉大にお粥の作り方を尋ねてきたのもそのためだ。「女役やってんなら、料理だってできるだろ」との言葉に腹を立てる気にもなれず、莉大は翌日からの手伝いを申し出たのだった。

榊兄弟の母親、聡子《さとこ》は、二階の寝室で眠っているらしい。処方された薬がよく効いているのか、昨夜から眠りっぱなしなんだそうだ。ずっと睡眠不足だったからちょうどいいんだ、と和彰は言って、また莉大の胸を痛ませた。

「……でも、二階に寝室があって良かったよ。俺が作ったって聞いたら、食べてくれないかもしれないから。トイレは上にもあるんだよな？　だったら、顔を合わせないで済むし」

「まぁ、それが正解だろ。おまえの顔を見たら、病気が長引くに決まっててんじゃん。ていうか、おまえが来てることは内緒だから。勝手に家に上げたって怒られる」

「そうか。その方がいいな」

和彰の憎まれ口に苦笑いを返し、莉大は手早く米を洗い、買ってきた白菜を切り始める。ずっと祖母の代わりに家事をしていたので、何だか昔に帰ったような気分だった。

ただし、大きく違うのはやんちゃ坊主が後ろからやいやい邪魔をしてくることだ。いい加減ウンザリした莉大は、ムッとしながら和彰を振り返った。

「あのな、料理は無理でも洗濯や掃除くらいはできるだろ？　俺が昼メシ作ってる間に、やれることはしろよな。それと、学校は？　休みの届けは出したのかよ？」

「な……何だよ、いきなり。おまえ、俺の母親か？」

「おまえじゃない、俺の名前は莉大だ」

包丁を持ったまま睨《にら》んだのが功を奏したのか、相手はたじたじと質問に答えた。

「学校には、自分で連絡したよ。今は試験中でもないし、家で受験勉強でもするさ」

「そっか……受験生だったっけ……」

「勉強なんかくだらねー」

和彰は、投げやりな口調でうそぶく。

「俺、親から〝兄貴を見習え〟ってすっげぇ言われてさ。同じ高校を目指したらどうだ、なんて気軽に言いやがんの。そこ、めちゃめちゃハイレベルな進学校なんだぜ？　俺はそんなに成績良くないし、期待に添えなくて悪いなぁ、なんて思ってたけど。でも、あんなに自慢してた兄貴がホモになっちゃったんだ。勉強なんかできたって、しょうがないよなぁ」

「性的指向と能力は、関係ないよ。和臣は優秀な研究員だ。期待もされている」

「ふん」

莉大が和臣を庇《かば》ったので、和彰は面白くなさそうだ。顔立ちは和臣に似た草食系なのに、喜怒哀楽がはっきりしているだけで印象はガラリと違って見えた。彼には年相応の幼さと妙な男臭さの入り混じった、ちょっと気を引く雰囲気がある。モテるだろうな、と莉大が感想を抱いていると、ひどく決まりが悪そうに「ジロジロ見んなよっ」と噛みついてきた。

「さて……と」

昼食の準備が終わった莉大は、キッチンを出たところで犬の鳴き声を耳にした。つられて庭を見ると、干された洗濯物の下で和彰がカリンの相手をして遊んでいる。何とも、絵に描いたような平和な光景だ。

「おい、和彰。昼メシできたぞ」

「それがさ、さっき母さんの様子を見にいったら〝いらない〟って。食欲ないんだってさ」

「何、言ってるんだ。食べなきゃ、良くならないじゃないかよ。おまえ、息子なんだから泣き落としを使ってでも食べさせろ。でないと、和彰の分はカリンにまわすぞ」

「えっ」

その脅しは案外効果が高く、和彰は慌てて戻ってくる。大雑把に手を洗った彼は、莉大が用意したトレイを神妙に持ち上げると、いそいそと二階へ上がっていった。

十分ほどたってから、再び和彰がキッチンへ姿を現した。泣き落としはあくまで言葉のアヤだったのに、驚いたことに彼の目は本当に濡《ぬ》れている。

「ど……どうした……？」

「食べたよ。美味《うま》いってさ。俺が本を見ながら作ったって言ったら、すっごく喜んでた」

シャツの袖口《そでぐち》で乱暴に目許を拭《ぬぐ》い、和彰は力なく椅子に腰を下ろした。体格は莉大より立派なくらいだが、まるで叱《しか》られた小学生のようにガックリと項垂れている。

「……畜生。なんか、俺めちゃめちゃ悔しいっ」

「何でだよ」

「憎い相手の作った物とも知らないで、母さん嬉しそうに笑ってさ。そんなの、可哀相《かわいそう》じゃんか。今度、私にも作り方教えてね、とか言ってんの。たまんねぇよ」

「そっか……思った通り、優しいお母さんなんだな」

「俺、おまえを許さねー」

　キッと鼻水の垂れそうな顔を上げ、和彰はこちらを睨みつけた。しかし、目の前で湯気を上げている丼《どんぶり》に気がつくと、たちまち目の色が変わる。彼は飢えた獣のような勢いで丼を引き寄せ、豪快に食べ始めた。

「美味いっ！　なぁ、これ何て料理？」

「……白菜と挽《ひ》き肉のあんかけご飯。お母さんの方は、もっとご飯を柔らかめにしてあるよ」

「ふぅん……。兄貴も、こういうの食ってんだ。あいつ、料理できないだろ？」

「和臣は仕事が不規則だから、家で食べないことも多いよ。おまけに、研究に没頭してる時は他のことは忘れるらしくて連絡も寄越さない。何度、食材を無駄にしたか……」

「それ、食わなかったってこと？　こんなにこんなに美味いのに？」

　信じらんねぇ、と頭を振って、ようやく和彰が丼から顔を離した。

「贅沢《ぜいたく》な奴だよなぁ。俺なんか夕べから食うもんなくて、コンビニでカップ焼きそば買ってきたっていうのに。あんた、怒んなきゃダメじゃん。主婦って、夫のそういうところが我慢できないんだって昼のワイドショーでやってたぞ」

「いや、俺は主婦じゃないし……。まぁ、和彰から見ればそうなのかもしれないけど、一応本業は大学生なんだ。それに、食事も忘れて何かにかまけるって気持ちはわからなくもないんだよ。俺、服を作ってる時ってやっぱりそうだもん。誰にも邪魔されたくないし」

「服？　もしかして、デザイナーとか志望？」

「そんな大したもんじゃなくてもいいけど、服飾関係で仕事したいって希望はあるよ」

「へぇ……すごいじゃん」

和彰は、あからさまに意外そうな顔をした。どうやら、莉大が和臣に全面的に依存をして生活していると思い込んでいたようだ。確かに経済面では近いものがあるが、少なくとも莉大には将来の目標がある。その可能性については、少しも考えが及ばなかったらしい。甘い美貌と童顔のせいで誤ったイメージを持たれるのには慣れていたが、それでも和彰が素直に感心してくれたのは少しだけ嬉しかった。

「あ、そうだ。洗濯物、干し直しておいたからな」

「何で？」

食後のお茶を出された彼は、湯飲みを持ったままキョトンと問い返す。莉大はニヤニヤと意味深に片眉《かたまゆ》を上げ、「あれじゃ、下着にまでアイロンかけなきゃなぁ」と言った。

「和彰、お母さんが干しているところ見たことないのか？　洗濯物を干す前には、ちゃんと衣類をパンパンはたいて皺を伸ばしていただろ？　それに、布は広げた両端をきちんと留めないとダメなんだよ。真ん中に一個洗濯バサミなんか挟んでぶら下げても、風通しが悪くて乾きが悪いし嫌な匂いがするからな」

「……知らねぇもん、そんなこと。多分、友達だって誰も知らないよ」

「ふぅん？　俺なんか、初めてのアイロンがけは八歳だったけどなぁ」

「マジ？」

久しぶりにお得意のセリフを吐いて、和彰は目を丸くした。


午後九時を過ぎた頃、ようやく莉大はマンションへ帰ってきた。

「和彰の奴……ちゃんと言った通り、やれてるかなぁ」

夕食の下ごしらえを終えた後、何度も仕上げの手順を説明し、埒が明かないのでメモまで残してきたが、どうにも不安が残っている。洗濯物の畳み方さえ、隣でいちいち指導しなければならなかったのだ。今どきは家事も男のたしなみだと思っていたが、なまじ母親が優秀だと覚える機会を逸してしまうのかもしれない。

「まぁ、俺だって和彰の立場ならやんないけどさ」

そんな風にうそぶいてはみたが、莉大の家事能力は決して嫌々培《つちか》われたわけではない。『小泉館』に滞在していた時、茗がよく「おしんか、おまえは」と茶々を入れてきたが、それが冗談にならないくらいよく働いたのだ。身に染みついた習性というより、本来家事が好きなのだと思う。実際、ハウスキーパーのアルバイトは今でもヒマをみて続けているし、他の仕事よりも長続きするのは、やっぱり才能と愛情があるからだろう。

それでも、慣れない場所では緊張もする。脱いだコートをやれやれとソファの背へかけた直後、電話がけたたましく鳴り出した。見れば、留守録のボタンも点滅をくり返している。莉大は一瞬迷ったが、結局は着信中の電話を優先することにした。

「はい、榊です」

『莉大か？　おまえ、どこ行ってたんだよ？　心配したじゃないか』

「和臣？　あ、もしかして留守録って和臣が……」

『そうだよ。俺、ずっと電話してたんだぞ。でも出ないし、留守録の返事はないし……』

話を聞きながら、莉大は素早く頭で時差を計算した。向こうは早朝で、和臣もまだ眠っている時間だ。恐らく、滅多に家を空けない莉大が留守なので不安になったのだろう。何せ、親が乗り込んでくるかも……なんて心配を抱えて渡米したのだから。

「ごめん、心配かけて。ちょっと、布地を買いに出ていたんだ。今、帰ってきたところ」

『そっか……なら、いいけど。他には、何か変わったことないか？』

「……ううん、何もないよ」

ちらりと、母親が倒れた話をしようかと思ったのだが黙っていることにした。海外の仕事で神経もすり減っているだろうし、莉大が手伝いに通っていると知ったら和臣はひどく恐縮するだろう。和彰の話によると容体は悪くないようだし、和臣の父親同様、報告は戻ってきてからでも遅くはない。

『まぁ、とにかく莉大の声が聞けて良かったよ……ホッとした』

「何、言ってるんだ。いつも大袈裟《おおげさ》なんだよ」

相変わらずの憎まれ口に、和臣が穏やかな笑い声を上げる。だが、そこに混じる断続的な雑音は二人の距離を否応なく思い知らせるものだ。電話ではすぐ近くにいるようでも、相手は海を越えた遠い場所にいる。どんな非常事態が莉大を襲っても、和臣にそれを救うことはできないのだ。

唐突に莉大は心細さに襲われ、思わず受話器を両手で握りしめた。

『莉大……？　どうした？』

微妙な空気の変化に気づき、和臣が優しく問いかけてくる。だが、莉大が何か言うよりも早く『――愛してるよ』の響きが流れ込んできた。

『淋しい思いさせて、ごめんな。もう少しだけ、一人で大丈夫か？』

「……ガキじゃないんだから、そんな言い方すんなよ。平気だよ、留守番くらい」

無理して強気な言葉を口にしながら、ふっと和彰のことを思い出す。今の自分は、まるきり昼間の彼のようだった。俺ってこんなに子どもっぽかったっけ、と首を傾《かし》げながら、それでも拗《す》ねた態度や雑な口調は自然と表へ出てきてしまう。

莉大自身はわかっていないが、それにはちゃんと理由があった。

和臣の中には莉大だけの特等席が用意されていて、安心して全てを委《ゆだ》ねることができる。その居心地の良さに、いつでも救われているからだ。

「和臣……」

『ん？』

「大好きだよ。待ってるから、早く帰ってこいよな」

『やれやれ、やっと言ったな。うん、実は予定よりだいぶ早く戻れそうなんだ』

「ホントか？　いつ？」

『う～ん、まだ断定はできないけど。このまま順調に進めば、来週か再来週には……』

「そっかぁ。帰国が決まったら、すぐ教えろよな。俺、成田まで迎えにいくよ」

見送りの時に比べて、何てわくわくする旅路だろうか。莉大はたちまち元気を取り戻し、しばらく雑談をしてから温かな気持ちのまま電話を切った。

「……やったね」

予定より早く再会できるなら、数日の淋しさなんて問題じゃない。

会えた時の感激を、一層引き立てるための演出と思えばいいのだから。

「よし。明日も頑張ろう」

明るく声を出して、莉大は一人でガッツポーズを取った。

◆◆◆　3　◆◆◆

「カリンはさぁ、貰ってきた時から、かりん糖が大好きだったんだ」

「ああ……それでカリン……」

「マジすげぇセンスだろ？　つけたのは親父なんだけどね」

莉大に教えられた通り、左手でピンと布を張りながら、和彰は慎重にアイロンをかけている。父親の和彦が着る通勤用のシャツだけは、自宅で整えるのが聡子の方針なのだ。

「そうそう。シャツは襟《えり》と前立てと袖口をピシッとな。身ごろは適当でいいから」

「へへ。家庭科の授業みたいじゃん。俺ってば、けっこう手つき良くない？」

「あ、バカ！　ボタンにアイロンなんかかけたら、割れるだろっ」

いい気になっていたところへ「バカ！」と罵倒され、和彰はムッと唇を曲げる。二人のいるリビングの窓越しからは、カリンが不思議そうな顔でこちらの様子を眺めていた。

莉大が手伝いに通い出して、今日で三日目になる。和彰の話によれば聡子はだいぶ快方に向かっており、近日中には床を離れられそうだという。また、彼女は毎回莉大の作る食事が楽しみらしく（もっとも、本人は和彰が作っていると思っているが）、食欲も旺盛《おうせい》らしい。

「何かさぁ、俺、プレッシャー感じてきたよ」

スチームに目を細めながら、和彰はポツリと呟いた。

「実際、メシを作ってるのはあんたじゃん。なのに、母さんはやたらと感激してさ。米すら洗ったことのない俺が料理してるって、大喜びなんだよ。まぁ、無理ないよな。男所帯を一人で切り盛りしてきて、今まで誰かにメシ作ってもらうこともなかったわけだしさぁ」

「それは……嬉しいに決まってるよなぁ……」

「……でも、本当の俺は何もできないだろ。元気になった母さんが、そんな俺を見てがっかりするのかと思うと……何だかなぁって……」

「何もできないってことは、ないだろ？」

「へ？」

「和彰、頑張ってるじゃん。飲み込みは今いちだけど、料理も掃除も洗濯もこの三日でかなりマシになってきてるし。文句言いながらも、よくやってると思うよ」

「いちいち、一言余計なんだよ……」

唇を尖《とが》らせてボヤいているが、まともに褒められて満更でもなさそうだ。だが、ハッと目の焦点を合わせると、ブンブンと首を振って「やべぇ、やべぇ！」を連発し始めた。

「おまえ、俺をおだてて手なづけようとしてるだろうっ。その手に乗るもんかっ」

「何だよ、褒め甲斐《がい》のない奴だなぁ」

「きらっきらした目で見つめたって、無駄だぞ。生憎と、俺は男には欠片《かけら》だって興味ないんだからなっ！　大体、おまえがいなけりゃ母さんだって……」

「………」

似たような文句は、すでに何百回と聞かされている。

だが、うっかり莉大が目線を落としてしまったため、たちまち彼は狼狽え出した。今まではどんな悪口雑言《あっこうぞうごん》も軽くいなしてきたのだから、和彰が戸惑うのも無理はない。折しも最後の一枚が仕上がると同時に、二階から聡子が彼を呼ぶ弱々しい声が聞こえてきた。

「ちょっと……いってくる……」

他に、言い様もなかったのだろう。

和彰はアイロンの電源を切り、決まりが悪そうにリビングから出ていった。

「……は」

一人になった莉大は、深く溜め息を漏らす。そのまま床へ両脚を投げ出し、壁にぐったりと凭れると、瞬きをくり返して憂鬱な色を瞳から振り落とそうとした。

「おまえがいなけりゃ……か……」

榊家の人たちには申し訳ないが、莉大を落ち込ませたのは何も罪悪感からだけではない。和臣と出会って自分の居場所を見つけるまで、莉大は何回となく周囲の大人たちから同様の言葉を浴びせられてきた。前から態度の怪しかった景一がとうとう自分に乱暴しようと押し倒した時も、やっぱり同じことを言ったのを思い出す。

『おまえがいなけりゃ！　そうしたら、こんな真似しないで済んだんだ』――と。

それでも、普段の莉大なら「何、言ってるんだ」と笑い飛ばせる程度のことだった。それくらいのたくましさは身につけたつもりだし、自分が卑屈にならなくてはいけない理由などないのもわかっている。けれど、和臣と離れている心細さがふとしたきっかけで頭をもたげると、たちまち元気が出てこなくなるのだ。困った莉大は、「もうすぐ帰国する」と言った昨夜の声を反芻《はんすう》し、ゆっくりと目を閉じた。

（和臣に会って強くなれたと思ったけど……脆《もろ》いところもできちゃったな……）

こんなところで、落ち込んでいる場合ではない。夕食の支度やカリンの散歩、それに風呂場の掃除だってまだ残っている。いくら和彰が手伝ってくれても、肝心の莉大が動かなくては意味がないのだ。それなのに、心を蝕《むしば》む過去の傷はなかなか解放してくれなかった。

「――莉大。おい、莉大」

「え……？」

名前を呼ばれて、ハッと目を開ける。いつの間に戻ってきたのか、和彰が立っていた。その顔はひどく不安げで、どこか怒っているようでもある。莉大は慌てて笑顔を取り繕うと、壁から離れてしゃんと背筋を伸ばした。

自分がへこんでいては、和彰の鬱憤を晴らす相手がいなくなってしまう。家庭内のゴタゴタでまいっているのは親だけでなく彼だって同じだろう。

「ごめん、なんかボーッとしてた。そうだ、すぐ買い物に出なきゃな。夕飯は……」

「いいから、これ飲めよ」

無愛想に差し出されたマグカップから、ふんわりと柔らかな湯気が立っていた。黄色いティーバッグのラベルが、何だかとても懐かしい。

「これ、和彰が淹《い》れてくれたのか？　俺のために？」

「うっせぇよ。母さんがお茶っていうから、ついでにだな……」

「ふぅん。冷蔵庫のハチミツ、ちゃんと入れたか？　俺、紅茶は甘くないとダメなんだけど」

「え……そうなのか？」

生真面目に問い返されて、莉大は小さく笑い出した。

「ごめん、嘘だよ。ありがとう、人の淹れてくれたお茶って美味《おい》しいんだよな」

「……だから、莉大のためなんかじゃねぇよ。母さんのついでだって、言ってるだろ」

「わかってるって」

現金なもので、カップを受け取った瞬間からすっかり気分が明るくなっている。それに、あえてツッコまなかったが〝おまえ〟呼ばわりだったのが名前の呼び捨てに出世していた。

ティーバッグが入れっぱなしなので、すでに紅茶は真っ黒だ。それでも莉大が美味しそうに飲んでいると、傍らに座った和彰が思いっ切りだるそうな溜め息をついた。

「あ〜あ、やんなっちゃうよなぁ」

「おまえなぁ、いきなりお茶が不味《まず》くなるような声出すなよ」

「だって、マジだりぃんだもん。俺が学校休んでるんで、母さんが勉強大丈夫かって。ま、期末は終わったばっかだし、志望校もそんなに難しいとこじゃないんだけど、もともと俺って頭良くないしさぁ」

思春期に定番の悩みだな、と思っていたら、「何とか言えよ」と返事をせっつかれる。

「莉大は大学生なんだろ。何で、服飾の専門学校にしなかったんだ？」

「和臣が、どうせなら大学に行けって言ったから」

莉大の答えに、和彰は理解不能といった様子で「何だ、それ」と文句を言った。

「よくわかんねぇ。何で、兄貴の言うこと聞いたりすんの。学費を出してもらってるから？」

「いや、違うよ。でも、服が好きだからってそればっかり考えてんのもつまんないじゃん。そしたら、和臣が面白いこと言ったんだ。三次元的な学問は、結局服作りにも役立つんじゃないかって。勉強しといて損はないから、関係ないことでもチャレンジしてみればってさ」

「……ふぅん」

「それで、大学では建築を専攻してるんだ。まだ一年だから、専門はこれからなんだけど」

莉大の説明にも、和彰はまだ納得のいかない顔をしている。だが、それも無理はないだろう。和臣が大学進学を進めたのには、本当はもう一つ理由があるからだ。けれど、それはわざわざ口に出す必要のないことだった。

『莉大は、今まで学生生活を充分に楽しんでこられなかっただろう？　だから、時間をプレゼントしたいんだ。今しか味わえない時間を、満喫してほしいんだよ』

そう言って、和臣は四年間の猶予をくれたのだ。

専門学校も楽しそうだったが、二年で一通りの勉強を終えるにはかなり課題がハードになる。学生という立場になるのなら、四年間という長丁場でゆっくり勉強してほしいというのが彼の願いだった。もちろん、あくまで「莉大が希望すれば」の前提付きだったが。

「俺さぁ、この三日間でずいぶんいろんな発見したよ」

莉大が物思いに耽っていたら、不意に和彰が溜め息混じりに話し始めた。

「母さん、本当は女の子も欲しかったんだって。だから、余計に兄貴の嫁さんに夢を持っていたみたいなんだよな。一緒に台所仕事したり、買い物行ったりとか」

「そ……そうなんだ……」

だとすれば、自分は彼女のささやかな夢を打ち砕いてしまったわけだ。いくら莉大の特技が家事でも、さすがに『可愛い嫁』は演じられない。けれど、和彰は右肘《みぎひじ》で莉大の脇腹をつつくと、意外にも「気にすんなって」と慰めてくれた。

「何だよ、いきなり優しいじゃん」

「莉大が、さっき泣きそうな顔するからだろ。まったく、年上のくせに情けねぇの。でも……俺も少しは悪かったよ。男好きなのは、莉大のせいじゃないもんな。神様のせいだもん」

「いや、別に俺は、和臣以外の男はどうでも……」

「またまた。好きな相手がたまたま男だっただけって、ホモの単なる言い訳なんだろ?」

「…………」

まったく、どこからそういうくだらない情報を仕入れてくるのだろう。莉大が返す言葉を失っていると、和彰はニヤッと勝ち誇った笑みでねめつけてきた。

「でも、ちょっとだけわかったよ」

「……何が?」

「男好きでもなかった兄貴が、莉大を恋人にした理由さ。あんた、可愛いもんな」

「えっ!」

その瞬間、脳天をガンと殴られたような衝撃が莉大を襲う。和彰の真意はともかく、よりによって中学生から可愛いと言われるとは思わなかった。しかも、手取り足取り家事を教えてやり、本来なら師匠と呼ばれても差し支えないであろう相手にだ。

莉大のショックなど知らぬげに、和彰は無邪気に話し続けた。

「兄貴、長男気質だからさ、世話のかかる奴が大好きなんだよ。莉大って、そりゃ俺より全然しっかりしてるかもしんないけど、何か危なっかしいからな。あいつ、放っておけなかったんじゃないの。あんたって、突然どっかいっちゃいそうな感じがするもん」

「…………」

「実は、それも新しい発見の一つなんだ。ホモなんて、気色悪いだけだって思ってたから」

「和彰……」

ずけずけと無遠慮な口をきかれても、不思議と莉大は気にならない。和彰の言葉の裏に、敵意が失せているのを感じたせいだ。はっきり「認める」と言われたわけではないが、少なくとも彼が莉大を一人の人間として見ようとしているのは確かだった。

「やっべぇ。何かしんみりしてない？　俺、こういう空気苦手だよ。なぁ、夕飯どうする？」

「そ、そうだな。今日はけっこう冷えるから、海老入りのロールキャベツとか……」

「いいじゃん、それ！」

莉大の提案に、和彰が目を輝かせた時だった。

庭にいたカリンがいきなり甲高い声で吠《ほ》えたかと思うと、尻尾をちぎれんばかりに振り始める。どうしたんだ、と訝しんでいたら、玄関の方でカタンと物音がした。

「……誰だ……？」

思わず顔を見合わせた莉大と和彰は、同時に眉をひそめる。チェーンはかけていないが、玄関には鍵がかかっている筈《はず》だ。一体誰が入ってきたのかと疑惑にかられ、二人はそろそろとリビングから様子を見に出ていった。

そうして。

「お、おまえは……」

「あ……」

「何故《なぜ》だ？　何故、おまえが家に上がり込んでるんだ！」

旅行用のボストンバッグを下げた和臣の父親、和彦《かずひこ》が、莉大を見るなり怒鳴りつけてきた。

「誰だっ？　誰が我が家に入っていいと言った！」

「と、父さんっ？　何で……旅行は一週間じゃ……」

「そんなことより、どういうことなのか説明しなさいっ。母さんは、どうしたんだっ？」

あまりに予想外な展開に、和彰はすっかり落ち着きをなくしている。真っ青になった彼の隣で、莉大は最悪な形での再会に全ての希望が遠のくのを感じていた。

「まぁまぁ、大声出しているのはお父さんなの？　お帰りは、まだ先の予定じゃ……」

階下での騒ぎを聞きつけて、パジャマの上にフリースの上着を羽織った聡子が階上から姿を見せる。彼女は病人とは思えない屈託のなさで階段を降りてきたが、途中で莉大がいることに気づいたらしく、その場で足を止めてしまった。

「まぁ……まぁ……」

気の毒に、それきり言葉が出てこないようだ。もっとも、険悪な空気が重くたちこめるこの空間に相応《ふさわ》しいセリフなど、そうそうあるわけもなかった。

「あ……あのさ」

最初に勇気を出したのは、和彰だ。気を取り直した彼は、必死で説明に取り組んだ。

「父さんが旅行にいった翌日に、母さんが倒れたんだよ。そんで……」

「母さんが？　それと、この男が我が物顔で出入りしていることに何か関係でもあるのか？」

「大ありだよ！」

和彰は、ここぞとばかりに力説する。

「莉大、毎日通ってきて家のこと全部やってくれてたんだ。兄貴はアメリカに出張でいなくて、そんで俺は家事なんか全然できないから、すっごく困っちゃって。そしたら……」

「和彰！　おまえ、何を考えてるんだ！」

場が収まるどころかますます激怒し、和彦は息子を叱り飛ばす。

「こんな奴に家の敷居を跨《また》がせるのが、どういうことかわかってるのかっ！」

「わかってるよっ！　でも、莉大はすっごく良くしてくれたんだぞっ！」

「そんなこと、どうでもいいんだ！　こいつは……こいつは……」

「何で、どうでもいいんだよっ。どうでも良くなんかないだろっ！」

怒鳴り合っている内に互いに興奮し、父と息子は相手の襟ぐりを摑んで睨み合う。聡子がオロオロしながら止めに入ろうとしたので、莉大が素早く彼女を押し止めた。

「ごめん、全部俺のせいだから。危ないから、下がってて。俺が二人を止めるよ」

「あなた……」

「勝手なことばかりして……ごめんなさい」

一礼した莉大はキッとまなじりを上げ、一触即発の彼らへ近づいていく。全ての原因は自分なのだから、和彦もきっと矛先をこちらへ向けるに違いない。何発か殴られる覚悟を決めて、和彰の襟を摑んだ腕にそっと手をかけた。

「……頼むから、離してやって。和彰は、全然悪くないんだ」

「うるさいっ！　おまえは引っ込んでろっ！」

凄《すさ》まじい勢いで振り払われ、バランスを崩して大きくよろめく。驚いた和彰が「何すんだ、クソジジイっ！」と叫んだため、父親は顔を赤くして莉大へ向き直った。

「俺の留守をいいことに、母親と弟に取り入ろうって魂胆か！」

「違う……俺は……」

「二度と家に近寄るなっ！　和臣と会うことも許さんっ！」

言うなり拳《こぶし》を振り上げ、殴りかかってくる。もとより避《よ》けるつもりはなかったので、莉大は素直に目を閉じた。

「父さん――っ！」

「きゃあああっ！」

和彰と聡子の悲鳴が上がった直後、鈍い音とガタガターン！　と激しく物の倒れる気配がする。だが、いつまで待っても莉大の頬には何の痛みも走らなかった。

「…………？」

不思議に思った莉大は、恐る恐る目を開けてみた。

放り出されたボストンバッグ、階段に座り込んで両手で口を覆う聡子。すぐ目の前では、和彦が己の右拳を呆然と見つめている。それは、ぶるぶると震えていた。

だが……。

「え……」

さっきまで父親と揉《も》み合っていた和彰が、どこにもいない。

思わず首を傾げた時、「何だよ、大丈夫かよぉ」と半泣き状態の声が飛び込んできた。

「……ったく、マジかよぉ。まともに食らうなんてバッカじゃねぇの。口、切れてるじゃんかぁ……血が出てるじゃねぇかよぉ……」

「か……」

視界に映る光景に、莉大は我が目を疑う。

「和臣………」

「莉大ぉ……莉大が親父に殴られる寸前、入ってきた兄貴が前に飛び出したんだよぉ」

涙でぐしょぐしょになった顔で、和彰がそう訴えてきた。けれど、莉大にはまだ信じられない。第一、和臣はまだアメリカにいて、帰国はもう少し先だった筈だ。

しかし、床に座り込んで和彰に介抱されているのは、まぎれもなく自分の恋人だった。

「和臣……っ……和臣、何で……っ」

瞬時に催眠が解けたように、莉大が急いで屈《かが》み込む。唇の端から血を滲ませ、左頬を赤く腫《は》らした和臣が、苦笑混じりの顔で「ただいま」と言った。

「か、和臣、大丈夫なのか？　何で？　何で、俺を庇ったりするんだよ？」

「あのなぁ……どこの世界に、恋人が殴られるのを黙って眺めてる奴がいるよ？　それに、莉大には殴られなくちゃいけない理由なんかないだろう？」

切れた口の中が痛むのか、和臣はしんどそうに答える。それから、弟の手を借りてその場に正座すると、まだショックの冷めやらない面持ちの和彦へ静かに声をかけた。

「俺、やっぱり間違ってるかな？　父さん……」

「…………」

「いや、どっちが正しいとか、そんなこと本当はどうでもいいんだ。ただ、これだけは父さんにもはっきり言っておく。莉大は、俺の大事な人だ。彼を傷つける人間は俺の敵になる。それは、相手が誰でも変わらないよ。たとえ……父さんや母さんでも」

「兄貴……」

きっぱりとした和臣の言葉に、和彦の涙も止まったようだ。

莉大は小さく首を振ると、必死になって和臣へ食ってかかった。

「だ、駄目だろ、和臣っ。おまえ、何言ってんだよ。お父さんもお母さんも、俺たちのせいですごく苦しんでるんだぞ。それなのに……そんな薄情なこと言うなよなっ」

「仕方ないんだよ、莉大」

優しく莉大に笑いかけ、和臣は迷いのない眼差しで言った。

「俺が莉大を選んだのは、そういう意味も含めてなんだ。この世の誰よりも、莉大を優先する。大事にする。その覚悟ができないなら、誰かを一生愛するなんて無理だと思う」

「それで……おまえは、後悔しないのか」

苦々しい表情で、和彦が重く問いかける。その顔は、今まで知らなかった息子の顔を見せられたことで、怒りより悲哀の色の方が濃く見えた。

「いいのか、本当に。これまで築いてきたものを、全部失う相手かもしれないんだぞ。家族、友人、仕事、将来。それらと引き換えにできるほど、その子は大した人間なのか？」

「少なくとも、性別だけで弾く気にはなれなかったよ」

父親から少しも視線を逸らさず、和臣は凛《りん》と断言する。

「何度でも言う。莉大は、俺の大事な人だ。もしも彼を傷つけたら、父さんでも許さない」

「それは同情じゃないのか？　身寄りのない子だと言っていたじゃないか。おまえは優しいから、見捨てておけないだけなんじゃないのか？　もう一度、よく考えてみなさい」

「あの……でも、それは違うと思うわ……」

それまで黙って成り行きを見ていた聡子が、そこで初めて口を開いた。思いがけない母親の言葉に、皆も驚いて彼女へ注目する。

「ありがとう、和彰。でも、もう大丈夫よ」

身体を支えに走った和彰へ、聡子はにっこりとお礼を言った。それから、一歩前へ踏み出すと、和臣と一緒に座り込んでいる莉大へゆっくりと視線を向ける。

「三日間、和彰を助けてくださったのね。どうもありがとう」

「え……」

「本当のこと言うと、気づいていたの。毎日、誰かが訪ねてきてるって。だって、うちはお屋敷じゃないんですもの。いくら二階で寝ていたって、話し声や人の気配くらいわかりますよ。それに、料理なんてまるきり興味のなかった和彰が、本を見ただけであんなに美味しいご飯を作れるわけないわ」

「知って……たんだ……」

呆然とする莉大に、聡子は少しだけ声を弾ませた。

「うちのお米ってスーパーの特売なんだけど、どうしてあんなに美味しく炊けたのかしら」

「あ……えっと、それはちょっとだけ砂糖と日本酒を混ぜて……」

「ああ、だから新米みたいに甘かったのねぇ。なるほどね」

「みりんでも、代用できるよ。ばあちゃん、いつもそうやってたから」

「まぁ、じゃあ今度試してみるわ。ご飯がふっくらして、毎日楽しみだったのよ」

嬉しそうに『ばあちゃんの豆知識』を聞く母親を、莉大以外の全員が唖然《あぜん》と眺めている。

けれど、聡子はとぼけてそんな真似をしているわけではなかった。その証拠に、背筋を伸ばして夫へ向き直ると、毅然《きぜん》とした口調で言い切った。

「和臣は、同情と愛情を履き違えるような、そんなバカな子じゃありません。少なくとも、この子にそれなりの魅力を見出《みいだ》したからお付き合いしているんでしょう。あなただって、それくらいはおわかりになるんじゃない？」

「おっ、おまえ……おまえまで、和彰みたいに俺を裏切るんじゃあるまいなっ」

「私だって、和臣の子どもは見たいわよ。正直、まだ諦め切れないわ。でも、二人がどうこうというのを別にすれば、この子がいい子なのはわかるの。二階の窓から、庭で和彰の干した洗濯物を一生懸命干し直してくれているのを見たわ。カリンの世話も嫌がらずにやってくれて、散歩やブラッシングまでしてくれたの。それだけじゃないわ。家の手伝いなんて何もしなかった和彰に、家事の基本まで教えてくれたのよ」

「…………」

「この子ね、本当に楽しそうにやってくれていたの。だから、わかるのよ。別に、私たちに媚《こ》びたり恩を売ろうとしているわけじゃないんだって。和彰が困っていたから、助けた。それだけなのよ」

「だって、俺のせいで倒れたんだから、それくらいは……」

「嫌ぁね。誰が言ったの、そんなこと。和彰？」

莉大の言葉に呆れた素振りで、聡子がちらりと和彰を睨む。

「そりゃあね、ショックは受けましたよ。今だって、気持ちは複雑なのよ。でも、病気は関係ないの。私、元から低血圧でたまに貧血を起こすのよ。今回は、お父さんがあんまりカリカリして私に当たるからストレスが溜まっててね、それで倒れちゃったんだから」

「じゃ、親父のせいなんじゃないか……」

一同が冷たく視線を向けると、風向きの悪くなった父親は「うるさいっ」と負け犬のように一声吠える。だが、だからといって、和臣と莉大の付き合いを認めるのはまた別問題だ。妻と次男が莉大を庇うのは、和彦にとって大いなる屈辱でもあった。

「――お父さん」

そんな父親の気持ちを悟り、和臣は再び決意を込めて語りかける。ただならぬ真剣な声音に、皆の注目が和臣と莉大に集まった。

和臣の左頬は、先刻よりもっと悲惨な状態になっている。赤紫に変色し、乾いた血はコートの襟にまで飛び散っていた。隣では、莉大が心配そうにこちらを見つめている。

いい加減、決着をつけて彼を安心させてやらなければ。

和臣は深呼吸をすると、澄んだ音色で訴えた。

「これが最後です。どうか、莉大と付き合うのを認めてください」

両手を床について、そのまま深々と頭を下げた。

「俺、父さんも母さんも大好きだよ。だけど、莉大と別れることはできない。できることなら、莉大を新しい家族に迎えてやってほしい。無理な頼みなのは、百も承知してる。今すぐ答えなくてもいいから、どうか考えてみてください」

「……和臣……」

「お願いします！」

「お……お願いします……！」

莉大が慌てて姿勢を正し、和臣に倣って頭を下げる。と、次の瞬間、パッと飛び出した和彰が二人の隣に正座をすると、キッと父親を見上げて口を開いた。

「俺、頑張って勉強する！」

「何……？」

「マジだよ、大マジ。今から必死で勉強して、兄貴と同じ高校入るよ。そんで、兄貴より高給取りのエリートになって、すっげぇ可愛い彼女を作る！　母さんが夢見た嫁さんと台所仕事っつーのも絶対叶《かな》うようにするし、親父の夢だった孫のために正月にやっこ凧《だこ》作るってのも必ず実現させるよ。だから、頼む。兄貴と莉大を認めてやってくれ！」

いっきにまくしたてた後、和彰は三人の誰よりも深く頭を下げる。彼の「勉強する」発言は、十五年の人生の中で初めて口に出されたものだった。

「と……とにかく……今日は、もう帰りなさい……」

三人の男からこうも必死に懇願されては、怒鳴りつける気力も湧《わ》かないのだろう。力なく呟かれたその言葉に、和臣は唇を噛んでもう一度頭を下げた。

「悲しませて、本当にすみません……」

「………」

「でも、俺は絶対に後悔はしません」

確信を持って、きっぱりと言い切る。

それは、親のためにいい子であり続けた自分との決別のセリフでもあった——。


和臣の手当を終え、二人が外に出た時には空がすっかり葡萄色《ぶどういろ》に染まっていた。

「和臣。ほら、あれ見ろよ」

青駒の駅へ向かって歩き出した時、莉大が運河にかかった小さな橋の一つを指差す。どうした、と目で問いかけると、少しはにかんだような顔で彼は言った。

「俺たち、今日はあれくらいの橋をかけたと思うんだ」

「え……？」

「こっち側に俺と和臣、あっち側にお父さんとお母さん。で、二つを結びつけている小さな橋が和彰かな。あいつ、勢いで勉強するなんて言っちゃって、今頃後悔してるだろうなぁ」

照れ隠しなのか繋いだ左手をぶんぶん振り回し、莉大は思い出し笑いをする。確かに、和臣も弟があそこまで肩入れしてくれるとは予想もしていなかった。自分の留守の間に、莉大は一体どんな魔法を使ったのだろう。そこは大いに興味があったが、もしも嫉妬《しっと》するような内容だったら困るので、尋ねないでおくことにした。

「綺麗だね」

ふっと、足を止めて莉大が呟く。

「生まれたての月が、運河に映って揺れている。和臣は、ずっとこんな光景を見ながら大きくなったんだよな。だから、すごく優しいのかな。俺も、ここで育ちたかったなぁ」

「これから、一緒に過ごせばいいよ」

絡めた指に力を入れ、和臣は穏やかに答えた。

「俺たちが出会うまでの年月より、もっと長い時間をこの街で過ごそう」

「……そんなこと、できるのかな」

「できるさ。今すぐは無理でも、きっといつかは両親を説得する。そうしたら、俺とここで一緒に暮らすんだ。月が水に生まれる瞬間を眺めながら、何度でもキスをしよう」

「うん……」

冷えた夜気に包まれ、莉大の口許から白い息がふんわりと生まれていく。二人が初めて出会った季節が、またゆっくりと巡ってきた。そうして、隣には変わらぬ笑顔の莉大がいる。

去年よりもっと綺麗になって、少し生意気な顔も増えて、やっぱり莉大は笑っている。

多分、来年も。それから、きっとこの先も。

しみじみと胸を満たす幸福感に、和臣は大きな声で笑い出したい気分になる。だが、いかんせん傷が痛んで少々難しかった。

再び歩き出しながら、莉大がふと思いついたように言った。

「でもさ、何でいきなり帰国したの。俺、空港まで迎えにいくって言ったのに……」

「この間の電話、莉大の様子がちょっと気になったんだ。ほら、何度かけても留守だったろ」

「……ああ」

「莉大、ズケズケ物を言う割には、肝心なことは黙ってるからな。嫌な予感がして、実家へ電話したんだよ。それで、和彰に何もかも聞いたってわけ。それに、母さんが倒れたって聞いたらやっぱり心配だったしな。死に物狂いで実験を終わらせて、キャンセル待ちで飛行機に飛び乗った」

「そっか……。畜生、和彰の奴、俺には和臣の電話のこと何も言わなかったぞ」

「妬《や》いてたんだろ」

和臣がサラリと口にしたので、初めは莉大も気に留めなかったようだ。だが、ワンテンポ遅れて「えっ！」と叫ぶと、夜目でもわかるくらい顔が赤くなった。

「おい、何赤くなってんだよ」

面白くない和臣はブスッとして問い詰めたが、莉大は何でもないの一点張りだ。仕方がないので、「こっちは身代わりに殴られたっていうのに、割に合わないよなぁ」と、せめてもの嫌味に唇を尖らせてみせた。

「でもさ……俺、本当に嬉しかったな」

微かに潮の香りがする風を、莉大はしんみりと吸い込んでみる。

「和臣が、〝莉大を新しい家族に迎えてやってほしい〟って言った時、打ち上げ花火がパーンって頭の中で鳴ったような気分だった。まさか、そうくるとは思わなかったからさ」

「俺とずっと一緒にいるってことは、俺の家族になるって意味だろ？」

「……そうだけど。でも、実際に結婚ができるわけでもないし、要するに好き合っている間だけ仲良くしようって意味にしかならないじゃないか。刹那的《せつなてき》っていうかさ……」

「それなら、結婚できたとしても同じだ。人の気持ちに、絶対なんてないんだから」

和臣が真面目に答えると、自分から言い出したのにも拘《かかわ》らず莉大は心外そうな顔をする。どうやら、意地悪な意見を聞きたかったわけではなかったようだ。和臣はこみ上げる笑みを堪えるため、また痛みと戦わねばならなかった。

いつか、青駒の街へ行きたい、と莉大は言った。

だが、和臣の生まれ育った場所だと知ると、それきり二度と言わなくなった。その理由を、

「自分と一緒にいて、知り合いに奇異の目で見られたら困るだろう」と説明する莉大に、和臣は何とも言えない複雑な思いを抱いたものだ。

でも、今は堂々と手を繋いで、こうして微笑み合って街を歩いている。

先ほど「人の気持ちに、絶対なんてない」と口にしたけれど、それだって満更悪い意味ばかりではなかった。その証拠に、莉大への想いは一日として同じことがなく、時には自分でも戸惑うほど激しくなることもある。逆に、まるで穏やかな海にでも抱かれるように、ひっそりと優しく癒される時だってあるのだ。

だから、やっぱり莉大でなければ駄目なんだと和臣は思う。

恋をするなら、相手が彼でなくては意味がない。たとえ、それが世間の常識や家族の反発を呼ぶものであったとしても、そこであっさり降参してしまうわけにはいかない。

それが、彼と巡り会わせてくれた神様への心意気ってものだ。

「どうしたの、急に黙り込んで」

機嫌を直した莉大が、真っ黒な目で覗き込んでくる。

「いや……何でもないよ」

和臣は、微笑んで恋人を見返した。唇の痛みは、いつの間にか消えていた。

その目に映るのが、いつまでも自分でありますように。

密かにそんな願いを込めて、周囲の人の目も確かめず和臣はそっと莉大へ口づけた。

今年のクリスマスは、どうやって過ごそうか。

そんな話題が頻繁に出始めた頃、二人の元へ一枚のハガキが届けられた。

「和臣、ハガキがきてるよ！　なぁ、和臣ってば！」

朝刊を取りにいった莉大が、興奮した様子で寝室へ舞い戻ってくる。だが、和臣は生憎とまだ夢の中だった。休日前の恒例で夜更かしをし、そのまま惰眠を貪っているのだ。いつもなら、先に起きた莉大がブランチの支度を整え、和臣直伝のエスプレッソの香りで起こしてくれることになっている。毎回「生きていて良かった」と、しみじみ感じる瞬間だ。

「なぁ、和臣ってば！　起きろよ！」

そんな情緒など知らないとばかりに、莉大は容赦なくシーツを剝ぎ取りにかかる。宛名《あてな》は二人になっているのだし、やっぱり一緒に読むのが一番だと思われたからだ。

「和臣ってばっ」

「うん……わかった、わかった」

半分寝ぼけた頭で上半身を起こし、和臣は小さな頭を引き寄せる。不意を突かれた莉大がじたばたしていると、軽くその唇にキスをしてパッと手を離した。

「な、何を寝ぼけてんだよっ。なぁ、ちょっととっ」

再びシーツに潜り込んでしまった和臣へ、赤くなって莉大は抗議する。こうなると、ベッドから引きずり出すのは至難の業だった。それに、このところ年末を目前に残業続きだったので、これ以上の実力行使も少々気がひける。

「だけど……これ、どうすんだよ……」

手の中のハガキを見つめ、（やれやれ）と莉大は溜め息をつく。どんな夢を見ているのか、和臣の寝顔は本当に幸せそうで、無理に起こすのは野暮に思えてきた。

やっぱり、お楽しみは先に取っておいた方がいいのかな。

差出人の名前を眺めながら、莉大は和臣の頭をあやすように撫で始めた。

和臣は、最高の夢を見ていた。

お洒落《しゃれ》した莉大と一緒に、実家へ戻る夢。縫製の腕を上げた莉大からプレゼントされたスーツに身を包んだ自分は、子どもを膝に載せた和彰とリビングで談笑をしている。そんな自分たちの隣では、父親が得意気にやっこ凧を作っていた。庭ではカリンが和彰のお嫁さんとはしゃぎ回り、台所では莉大と母親が仲良くおせち料理に挑戦中だ。莉大の口調は相変わらず粗雑だが、年上受けする甘い美貌のお陰でだいぶ割り引いてもらっているようだった。

『実はね』

くるくるとかつら剝《む》きをしながら、母親が悪戯っぽく声をひそめる。

『お父さんたらね、旅行へ行っていたわけじゃなかったのよ』

『え？』

『驚かないでね？　新宿のね、有名なゲイバーとかを訪ねて歩いていたらしいの』

何でそんな真似を、と夢の中の和臣はわけがわからず首をひねる。

母親は照れたように笑うと、黙って聞いている莉大へ耳打ちをした。

『急に旅行だなんて、変だと思ったのよね。あの人ったら、同性を好きになる心理はどんなものかって、調べようとしたらしいのよねぇ』

『…………』

『本当、バカでしょう？　でも、お父さんなりに……きっと理解しようと思ったのね』

父さんが……――。

和臣は、ゆっくりと父親を振り返った。そんな話をバラされているとも知らず、彼は凧作りに夢中になっている。そういえば、自分が子どもの頃もこうして凧を作ってもらった。広い空を探して、結局港まで車で走ったっけ。あれは、幾つの時の思い出だったろう。

『だから……どうか許してあげてね。あなたに暴言を吐いて、怒鳴ったこと』

許すだなんて、とでも言うように、莉大が一生懸命首を振っている。

和臣も、彼と一緒になって首を振った。ごめん、と何度も唇が動いた。そのうち、次第にその動きは、〝ありがとう〟の形へと変化していった。

「……変なの」

髪を撫でる手を休めて、莉大がふっと口許を緩める。

「なんで、さっきから〝ごめん〟と〝ありがとう〟ばっかり言ってるのかな」

もしかしたら、和臣は夢の中で一足先にハガキの内容を知ったのかもしれない。だから、なかなか起きてくれないのだろうか。

「それなら、俺も読んじゃおうかなぁ」

耳元でそう囁きながら、莉大はハガキへ目を走らせる。

差出人の名前は、榊聡子。

文面は、彼女の伸びやかな字でこう綴《つづ》られていた。

「え……っと、〝お父さんが……〟」

『お父さんが、やっと承知してくれました。お正月は、二人で家にいらっしゃいね。皆で待っています』

「……すごいじゃん」

ポツリ、と声が零れ落ちる。

「マジ、すごい。なぁ、これって……やっぱり……そういうことだよな……？」

口にしてみたら、少しずつ現実味を帯びてきた。

その途端、莉大の頬がみるみる紅潮し始める。

「すっげぇ！　ちょっと、和臣！　すっげぇよ！　すっげぇ！」

ゆさゆさと再び和臣の身体を揺さぶりながら、莉大は瞳を輝かせた。

「なぁ、二人で一緒においでって。お正月だってさ！　なぁ！」

ハガキを握りしめたまま、莉大は「すっげぇ」をエンドレスでくり返している。

「和臣ってば、なぁ、和臣ってば！」

「うん……うん……ありがとう……」

「ありがとうじゃないよ、お正月だよ、お正月！　わかってんの？」

「うん……ありがとな……」

目を覚ませば夢の続きが待っているとも知らず、和臣はうっとりと笑顔を浮かべた。

あとがき

こんにちは、神奈木智です。このたびは、お月様シリーズ完結編をお手に取ってくださり、ありがとうございました。正確には前作のスピンオフにあたり、『嘘つきな満月』で抄を悩ませ『小泉館』の面々を振り回した莉大が主役のお話となります。ノベルズで発表した際、莉大を見る目が変わったと、当時の読者様からよく感想をいただいた本作、文庫化で初めて読まれる方にも、楽しんでいただければ幸いです。

今回も文庫化にあたって全文改稿し、かなり手を加えたのですが、つくづく自分の趣味は変わらないなぁと何度も苦笑してしまいました。初出が十年以上も前ですので、好みの原点に近いような感じでしょうか。コートをプレゼントするとか、服作りが好きだとか、今までにも何度か書いてきたシチュエーションの連続でした。もちろん、キャラや世界が違えば意味合いも異なり、同じようでいてまったく別の展開があるわけなのですが、要するにそれだけ素のままで楽しく書いていたのだと思います。今ならさすがに「ワンパターンだろ」とセルフツッコみをしちゃいますが、やっぱり三つ子の魂なんとやら、ですね。

あと、無礼な和彰が何度も「ホモ」発言をしておりますが、これは彼が物知らず故なのでご容赦くださいませ。多分、後々は莉大から教育的指導があることでしょう（笑）。

シリーズを通してイラストを担当してくださった、しのだまさき様。今回も、可愛らしい莉大と優しそうな和臣の姿に、見ているだけで幸せな気持ちになりました。思えば、しのだ様の同人誌を目にして「ぜひ、この方に」と甚だ唐突なお願いをしてしまったわけですが、快く引き受けていただけて本当に嬉しかったです。いろいろお忙しい中、最後までお付き合いくださりありがとうございました。

また、文庫化にあたってご尽力くださいました担当様、初出のラキアノベルズ様、その際にイラストを手掛けてくださった佐々成美様にも、この場を借りてお礼を申し上げます。

神奈木の近況としては、と書きかけて、前回の『嘘つき〜』で人間ドックのことを書いたのを思い出しました。毎年二月から三月の間に受けるので、一年たってしまったことに愕然《がくぜん》としております。そんなわけで、そろそろ予約を入れねばなりません。昨年は体調を崩してあちこちに迷惑をかけてしまったので、今年は一層気を引き締めていこうと思います。

ルチルさんでは、さほど間を空けずに新作でお目見え予定です。よろしければ、ぜひそちらも見てやってくださいね。ではでは、またの機会にお会いいたしましょう——。

神奈木　智　拝

http://blog.40winks-sk.net/（ブログ）

✦初出　あの月まで届いたら………ラキアノベルズ「あの月まで届いたら」(2001.12月)
水に生まれた月……………ラキアノベルズ「あの月まで届いたら」(2001.12月)

神奈木智先生、しのだまさき先生へのお便り、本作品に関するご意見、ご感想などは
〒151-0051 東京都渋谷区千駄ヶ谷 4-9-7
幻冬舎コミックス　ルチル文庫「あの月まで届いたら」係まで。

幻冬舎ルチル文庫

あの月まで届いたら

2013年2月20日　第1刷発行

✦著者　神奈木 智　かんなぎ さとる

✦発行人　伊藤嘉彦

✦発行元　株式会社 幻冬舎コミックス
〒151-0051 東京都渋谷区千駄ヶ谷 4-9-7
電話 03(5411)6432[編集]

✦発売元　株式会社 幻冬舎
〒151-0051 東京都渋谷区千駄ヶ谷 4-9-7
電話 03(5411)6222[営業]
振替 00120-8-767643

✦印刷・製本所　中央精版印刷株式会社

✦検印廃止

ISBN978-4-344-82754-7　C0193　Printed in Japan